長州藩抜荷始末記

幕末前夜・天下のオウドウモノ村田清風秘録

津田 恒
Tsuda Hisashi

郁朋社

長州藩抜荷始末記

——幕末前夜・天下のオウドウモノ村田清風秘録——

一

二百年余り太平の世が続いた徳川治世にも綻びの見え始めた天保の頃（１８３０年〜１８４４年）、周防《すおう》・長門《ながと》両国を領する長州藩毛利宗家・表高三十八万九千石の財政は、歳入の二十二年分を超える銀八万貫（金百三十二万八千両）もの借入金を抱えた惨憺たる有様で、積もりに積もった借金の金利返済だけでも、通年歳入の見込める銀三千六百貫の二倍という膨大な額に達していた。何とも無残としか言いようが無いが、そこまで落ちてしまえば、毛利家が如何に飾り立て、隠しに隠しても隠し通せる筈もない。やがて、その内実が世間に秘かながらも漏れ伝わり知れ渡ると、大坂辺りの豪商達はみな呆れ果て、目の色を変えて借銀に奔走する長州藩用人達から、事を構え巧妙に口実をつけては逃げ回り、慇懃な体を繕いながらも、相手にする者さえ居なくなったと伝えられている。

勿論、長州藩財政を預かる勘定方当局も指を咥えて黙って見ていた訳では無い。藩士領民に厳しく諸事倹約を奨励し、江戸藩邸の出費や萩城運営経費を半減し、領内在郷役所の経費を極限まで切り詰め、家臣団の名目俸禄からは強制的に五割以上をも召し上げ、取るに足りない零細な商人や細工職人からも有無を言わせず運上金を搾り取り、多少なりとも余裕の有ると見える商家豪農には、何かと理由を付けては馳走米（臨時徴収税）と称して銀の供出を強要し、貧苦に喘ぐ農魚民にも年貢を重くして厳しく取り立て、挙句の果てには雑穀や菜種、庭に植えた櫨《はぜ》の木に至るまで、ありとあらゆるものに課税したという。更に村々浦々には産物会所を設け、換金可能な農・海産物は専売制にして強制的に買い叩いて取り上げ、特定商人に委託して江戸・大坂で捌いて利を上げる……藩士領民の怨嗟など一切厭わず、様々な手段を講じて歳入の増加と歳出の削減を図ってはいたのだ。だが焼石に水とは真にこのことで、その程度の付け焼刃的な方便で何とかなるような生易しい財政状態では到底無かった。更にこの頃、藩当局の形振《なりふ》り構わぬ涙ぐましくも必死の努力を、あざ笑い打ち据えるかのように次々と厄災が長州毛利家を襲う。天保元年には風水害で十三万石もの大減収、続く天保二年には領内の村々で荒れ狂った大一揆。そして天保七年には長門・周防全域に渡って大打撃を与えた大風水害……しかしそれだけでは済まない。この年、追い打ちを掛けるように、五月から十二月の僅か七か月の間に、第十代藩主斉熙《なりひろ》・十一代斉元《なりもと》、そして当主十二代斉広《なりとう》が相次いで亡くなるという異常事態が起こったのだ。いくら内情窮迫していても、長州藩毛利大膳太夫家三十六万石の藩主や元藩主が亡くなったのだ。格式と面目というものが有る。いくら金が無いからといって粗末な葬儀でお茶を濁すことは出来ない。毛利家はあらゆる手段を尽くして金をかき集め、生き血を絞り尽くす思いで三人の葬儀を営んだ。まさに踏んだり蹴ったりとはこのことで、後年、長州では天保元年（１８２９年）から天保七年（１８３６年）に掛けて藩を見舞った、これらの不幸な数々の出来事を一纏めにして「丙申《へいしん》の大厄」と呼んだ。大厄は莫大な大借金に喘いでいた長州藩財政を壊滅的と言えるほどに困窮疲弊させ、藩士や領民は前にも増して徹底的な窮乏を強いられることになるのだが、僅かながらの救いは、長州藩は表向きの藩会計とは別に秘密資金を持っていたことだった。これは宝暦十一年（１７６１年）

の検地に依って新たに得た四万石の増収分を、当時第七代藩主だった重就《しげなり》の命によって一般会計や負債返済には充てず、非常時やお家危急存亡の時に備える為とし、特別会計（裏金）にして厳しく管理し、撫育方《ぶいくかた》と称する新たな局を置き、この金を元手に新田開発や新港開発、防長四白（米・紙・塩・蝋）の増産に投資し、更には馬関（下関）に越荷方《こしにかた》や貸銀所を設立して利殖に励み、揚がった利は安易に使われることの出来ない仕組みにして蓄えられていたのだ。「丙甲の大厄」はまさしくお家の大事・非常時だった。この厄災に依って、爪に火を点すようにして営々と蓄えた撫育方資金は、あらかた取り崩され残額僅かになったとも伝えられているが、金の性質上その額は詳らかにされていない。

天保八年（１８３７年）四月、十二代藩主・斉広の死後、毛利宗家当主として家督を継ぎ、困窮疲弊の極に在った長州藩を襲封したのは当時十九歳になったばかりの敬親《たかちか》だった。第十三代長州藩主の座に就いた敬親は、藩政の最高責任者を務める当役（江戸家老）の益田越中と当職（国家老）の毛利蔵人《くろうど》から、無残にも破綻に瀕している藩財政の内実を明かされると、苦渋に満ちた表情を浮かべ暫くの間黙っていたが、気を取り直したかのように表情を明るくして二人の重役に問うた。

「うむ、内情厳しいとは知っておったがそれ程まで酷いとは思っていなかった……相分かった。それでどうすれば良いのじゃ？」

益田越中も毛利蔵人も低頭したまま答えることが出来ない。

「今の儘ではどうにもならぬのであろう……何か良い思案はないのか？」

そう問い掛けられても、門閥家老の二人は無能では無いにしても、危機的な藩財政を改革し長州藩を立て直す程の構想力も器量も有ろう筈がない。

「お家の大事、遠慮会釈は無用じゃ。その方ら思うところあらば申せ」

重ねて問う敬親に、たまらず表を上げた蔵人が悲壮な覚悟を浮かべて答えた。

「まずは、丙甲の大厄以来の弊を払拭しなければなりませぬ。その為には、力量を備えた人材の登用こそ急務であろうかと存じます」

続いて越中も、何事か決意を表し語気厳しく言上する。

「恐れながら申し上げまする。情けなくも我家中には、江戸藩邸に詰めて国元の事情を顧みることなく、お家の面目を口実に華美驕奢に塗《まみ》れ溺れて散財する者……一門・老職の中にも、我が家は別格であるとして宗家の意向に背を向けて豪奢な暮らし向きを改めず、軽輩や領民に怨嗟誹謗を受けている方々も大勢居るのであります。更には、一部の御用商人達は、家中役向きの者を篭絡して結託し、御用と唱えて領内産物を法外に安く買い叩き、江戸大坂で商って暴利をむさぼり、肥え太っておるとも聞き及びます。毛利宗家と家中の軽格軽輩、それに多くの百姓町人が大貧乏に大借金で困窮しておっても、ご家中には分不相応に内福《ないふく》な家も居れば、領内には並外れて富裕な商人共も居るのでございます。悔しくも毛利家伝統の質実剛健の風を忘れ、卑しくも我利のみを求め怠惰軟弱に流れる者ばかり……これでは、中々に手の付け様がございませぬ」

「その方共では、我が藩のそのような悪しき風儀を改められぬと申すのか？」

年若い敬親に当職・当役としての力量の無さを責められたとでも思ったのか、恐縮して越中も蔵人も顔を伏せたまま答えることが出来無い。

「ならば我毛利宗家家中には、それを改められる者はおらぬと申すのか？」

まだ少年の面影を残した敬親に静かにそう問い掛けられると、二人は家中の行政通や財政通として知られた男達の名を数名挙げた。しかし敬親は静かに微笑んで聞いているだけで、表情を変えず首を縦にも横にも振らない。越中と蔵人が良かれと思い付く限りの名を挙げ尽くして沈黙すると敬親が静かに呟いた。

「もう一人、忘れておらぬか？」

益田越中も毛利蔵人も、敬親の問い掛けを即座に理解した。というよりも、身命を賭してこの難局を乗り切ろうとすれば、毛利家中に人材数多《あまた》有りといえども、この男をおいて他には有るまいと二人共内心では思ってはいるのだ。しかし年若い新藩主・敬親にその男を推挙するのは憚れた。彼らの脳裏に在るその男・村田四朗左衛門・清風は並外れた「ヘンクウ」な「オウドウモノ」で、とても家督を継いだばかりの年若い敬親が使いこなせるような生易しい男では無いと思えたし、自分達にしても、その男を推挙し擁護したとなると、一門や親戚筋・重職・上士・富商達の恨みを一身に買うであろうことは明白だった。長州地言葉で「ヘンクウ」を無理に標準語に直せば、偏屈者・一徹者・頑固者……そんな意味合いになるだろう。だが標準語とは少し違って、長州で言う「ヘンクウ」とは、確固たる理念と意志を持ち、極めて合理的な理論に裏付けられた正論を、凛として頑固一徹に実践しようとする者だけを指し、思慮の足りない頑固者や利己的な一徹者は「カタクワモノ」とか「バカカタクワ」と、やや軽蔑を込めて呼ばれていた。ところが清風は万人の認める正真正銘の「ヘンクウ」者なのである。また「オウドウモノ」とは、既成の権威を恐れず、立場や境遇に執着することも怯むこともなく、自らの意志と理想を貫き通す心底剛腹な男だけに使われる。因みに清風二十歳の時、義兄に従って江戸に向かう途上に詠んだ歌が今も残っている。

来てみれば　聞くより低し富士の峰
　　釈迦も孔子も　かくやあるらん

その意を察すれば、天を圧する程に高いと聞いていた富士山も、実際に我が目で見ると人々が騒ぎ立てる程では無いではないか。世に仏祖聖賢と崇め讃えられている釈迦や孔子何ぞという者も、実態を知ればそんなもので存外たいした人物ではないのであろう……というのである。才気溢れ気負い立つ若者特有の壮語に過ぎないのか、それともこの男の生まれ持った心底剛腹な「オウドウモノ」の本性が鋭く現れたものなのか、それはよく解らない。長州藩中士・村田光賢《みつかた》の嫡男として萩城下郊外の三隅《みすみ》村で生まれた清風は、藩校明倫館で秀才の名を欲しい侭にし、中士身分でありながら、異例にも二十五歳で手廻組に挙げられて第九代藩主斉房《なりふさ》の小姓に召し出され、第十代藩主斉熙・十一代斉元・十二代斉広と四代の藩主に仕え、祐筆密用方・当職手元役・撫育方頭人と藩要職を歴任した。与えられた役職からだけ見れば、藩官僚として重用されたようにも思えるが、その履歴は尋常では無かった。理由が有る。藩政が困窮すると、藩重役達は藁にも縋る思いで優秀だが「ヘンクウ」で「オウドウモノ」の清風を召し出し、要職に据えて切り抜けようとする。しかし清風が要職を与えられ、精緻に練り上げた起死回生の策を掲げて藩政改革に取り組もうとすると、策の余りの過激さと厳しさに度胆を抜かれた保守的な重役と、既得権益を奪われることを恐れた老職や上士達が徒党を組み、御用商人達まで巻き込んで様々に画策運動し、三度に渡って清風を辞任に追い込んだのだ。しかし、その程度で正論を引っ込めるような清風ではない。ならばと、渾身の気迫を込め書き上げて上程した多くの上申書は、藩主や藩上層部から激賞されながらも、既得権益に塗れた藩官僚達に依って何かと小賢しい理屈で捏ね回され何時の間にか骨抜きにされてしまう……天保三年八月、前年の領内大一揆の後始末を巡って藩上層部と激しく対立し、当時、矢倉方頭人役（江戸藩邸の経理責任者）の要職に在った清風は、三度目の辞任に追い込まれ在所の三隅に隠棲していた。

「もう一人忘れておらぬか？」と越中と蔵人に問い掛けた敬親は、二人の返答を待たず小姓に目配せした。目配せされた小姓が分厚い書状の束を敬親に手渡す。

「良きことが書かれておるではないか……」

書状の束を捲りながら敬親が小さく呟いた。越中と蔵人は思わず目を見張った。敬親が束にして読んでいるのは、これまで幾度となく上程されながらも顧みられることの薄かった、清風の上申書の束だったのだ。暫くの沈黙の後、上申書の束を脇に置き微笑みながら敬親が静かに二人を促した。

「どうじゃ……忘れておらぬか？」

弾かれたように越中が答える。彼の表情には、年若い新君主の以外な聡明さを知った喜びと、難局に自ら立ち向かう決意が籠っていた。

「殿に……殿に申し上げまする。ご家中、有能忠義の士、数多ありと申せど、この窮乏と怠惰から毛利宗家と長州を救う人材と申せば村田四朗左衛門をおいて他に居りませぬ。是非にかの者を召し出し我等と共にお使いくだされ」

続いて蔵人も叫ぶように和した。

「殿、越中殿の申すこともっともであります。是非……そのようにお運びくだされませ」

十九歳の青年藩主は、大らかで秀麗な笑顔を弾けさせ力強く答えた。

「うむ……そうせい……」

召し出され、藩主敬親と老職二人の後ろ盾を得た清風は当役用談役に任ぜられ、更に江戸藩邸と長州藩領国の双方行政を統括する目的で新設された「地江戸仕組掛」の総責任者に大抜擢された上、異例にも権限強化のために一代家老としての身分を与えられる。この時、清風、齢五十五……人生の短い当時としては甚だ高齢であったし、その体躯矮小で顔貌《がんぼう》貧弱であったと伝わっている。ただ皺目蓋に隠された双眸《そうぼう》だけは、物凄い程の知性と気力が毀《こぼ》れる程に溢れ、少心な者ならば、視線を投げられただけで怯えて震え上がる程の凄味を湛えていたと伝えられている。長州藩経営の全権を与えられた清風は「ヘンクウ」な「オウドウモノ」と陰口を叩かれ、既得権益を奪われる者どもから蛇蝎《だかつ》の如く嫌われ憎まれ、いたるところで様々な軋轢を生んで讒言《ざんげん》・妨害を受け、時には刺客に狙われながらも、藩主敬親の絶対的な信頼と、当役益田越中や当職毛利蔵人を筆頭とする改革派重臣らの全面的な支持と支援の元に、財政改革・行政改革・税制改革・文武奨励・人材の発掘登用・殖産興業・窮乏藩士や領民の救済……と次々に藩政改革策を断行し、藩財政を危機から救う道筋をつけ、幕末に至る頃には、長州藩は天下の雄藩として富裕を讃えられるほどに藩力が向上するに至ったと正史に記されることになる。

ところが、藩政の実権を掌握した清風には思いが有った。彼はこれを機会に藩財政の立て直しは勿論のこと、綱紀粛正や講武奨励を果たし、士庶《ししょ》を問わず有能な人材を発掘育成して怠惰軟弱に堕落した藩風を刷新し、富国強兵の大本を打ち立てると大方針を心中秘かに立てていたのだ。しかし藩歳入の二十二年分にも相当する銀八万貫の借財の返済は並大抵のことでは出来ない。どんなに努力し、撫育方の蓄えた金を借りて殖産興業に務めても、長州藩領の周防・長門二か国から産出する物産や富には限りがあるし、節約・倹約にも限度というものが有る。清風と彼の下に集められた優秀な若手官僚達の計算に拠ると、清風自身の進めている藩財政改革を完璧に断行出来たとしても、収支を均衡させた上で借財年賦の返済分を捻り出すのが精一杯で、清風の思いを果たす程の余剰金を創り出すまでには至らないと結果が出されていた。既に藩の生み出せる富は殖産興業予定の分まで含め、人知の及ぶ限りと言ってよいほどに徹底的に絞り尽くした後である。藩風を刷新し富国強兵に費やせるような金の目途は全く立たなかったのだ。主導する清風でさえ、或る日「これ程絞り尽くしてもこれだけか……情けないが、これではまるで金持ち商人に利を払う為だけに毛利のお家が在るようなものじゃな」と苦笑したと伝えられている。

だがこの時代、この苦境を乗り超え余力を蓄える方法が無くはなかった。一つは権力を振りかざし、貸し手の商人を押さえつけて踏み倒し借金を棒引きにしてしまうこと。そして今一つは、徳川幕府の鎖国令を犯して海外との密貿易で利を上げることだった。これらには先例がある。既に薩摩藩は、強引な借金の踏み倒しで直面する財政危機を乗り越え、更には、支配下の琉球国を通じた清国との密貿易で莫大な利益を上げ隆盛を天下に誇っている。薩摩藩は北前船で蝦夷地から運ばれてくる昆布を、長州藩領馬関港を中継地として薩摩に持ち帰り、琉球経由で清国に売り捌き、清国で仕入れた漢方薬原料や琉球の砂糖を密輸入して大坂で密売するルートを既に確立していた。薩摩藩密貿易の一大中継地・馬関港を擁する長州藩も、幕府を憚って禁制品を扱っているとは知らぬ建前を繕いながらも、越荷方（商社機能を持つ倉庫業）を増強して、薩摩藩の密貿易・密物流に秘かに手を貸していたのだ。だがそれだけでは僅かな倉庫保管料や名目口銭・荷役料が得られるに過ぎず、利は薄かった。当然のこととして、清風の元に集まっていた若手気鋭の官僚達の中には、長州も薩摩の流儀に則り密貿易を行って利を稼ぎ、藩政改革の資とすべしと激しく主張する者もいた。しかし清風は色を成して彼らを厳しく叱責し、二度と再び密貿易に言及したり企図したりすることを固く禁じた。オウドウモノの清風が藩士達に密貿易を談じるのを止めたのには理由が有った。ほんの数年前の天保七年、隣接する石見半国を領する浜田藩松平家が、秘かに加担し黙認していた磯竹島（現在韓国領とされている鬱陵島《うつりようとう》を指し、韓国が不法占拠している島根県隠岐郡隠岐町竹島は幕政下因幡藩領時代には松島と呼ばれていた）を中継地とした密貿易が、幕府隠密・間宮林蔵に探知されて露見し、関係者は悉く死罪、藩主松平康任《やすとう》は永蟄居を命じられた上、家は陸奥棚倉への懲罰的転封という厳しい処分を受けていた。ちなみに、間宮林蔵は浜田藩の密貿易を暴いた後、九州に入り、薩摩藩密貿易の実態を探知し証拠を掴むため、二重鎖国といわれるほど厳しく警護された薩摩藩境を越え、経師屋《きようじや》に身をやつして三年間に渡って探索を試み、何事か証拠を得たらしいが、当時、富裕を誇り精強無比を謳われていた薩摩が、幕府から何らかの処分を受けたという歴史的事実は無い。しかし徳川家譜代の浜田松平家でさえ、藩主は永蟄居・家は僻地転封という重い処分が下されたのだ。もしこれが外様で、しかも藩威衰えた長州毛利家ならば、お家断絶の上、領国召し上げという重い処分を受けるであろうことは明白だった。

薩摩に習って、長州藩が直接密貿易を主導したり関係したりするのは危険が大きすぎると清風は考えたのだ。ところが、下僚《かりよう》達には密貿易を論じることを固く禁じて置きながら、清風自身は密貿易で利を上げるしか、真の藩政改革（富国強兵）の為に藩庫に銀を積む方策は在り得ないと心中固く決意し、ただ一人秘密裡に手を打ちつつ有ったのだ。但し、そのことは清風一人の腹中に固く納めたまま、長州藩関係者の全く関与していない形で密貿易の利を得るべく、策を練りあげていた。幕府に藩や藩士の関与が疑われる類いの証拠は勿論として、僅かな痕跡をも残すことさえ許されない。清風が下達に密貿易を口にすることさえ決して許さず厳しく叱ったのはその為だった。

二

天保十一年（１８４０年）春、桜の花が散った頃の夜、萩城下平安古《ひやこ》に在る清風の役宅を一人の若い男が訪れ、出迎えた下僕に自分の提げてきた提灯を手渡し、腰から刀を抜いて右手に持ち替え、黙って奥の間に入った。そこには双眸をギラリと異様に光らせた小さな老人が背筋を伸ばし端座していた。若い男は老人の前に座った。すると笑顔も辞儀も一かけらも無いまま清風が問い掛ける。

「重輔、首尾はどうじゃ。親御から勘当されたか？」

「はい、今日、親戚一同立ち合いの元、父より廃嫡を告げられ、家から出て城下を立ち去るように申し渡されました。只、下谷家重代の甲斐忠光だけは差料《さしりょう》として貰い受けました」

「そうか……それは上々」

長州藩寄組・下谷家嫡男の重輔は、父重蔵の江戸在勤に従って、二年ばかりの江戸遊学を経て、帰国後は萩城下の藩校明倫館に学び、文武の教授連中が舌を巻くほどの秀才ぶりを発揮して将来を嘱望された若者だった。文化十二年（１８１５年）生まれで二十五歳になったばかりの重輔が、暮夜清風の役宅を訪れ、清風の進めている様々な改革案を痛切に批判論難したのは、この夜から半年程前の出来事だった。清風は重輔の激しい論説を、目を瞑ったまま黙って聞き取った後、恐ろしい程の光芒を両眼から発し、見事に整理された重厚な思想と緻密で現実的な理論で応じ、重輔の論を真っ向から悉く論破した。見事なまでに自論を破られた重輔は、自らの浅学浅慮に気付いて清風の論を素直に受け入れ、更には彼を師と仰ぎ教えを乞うことを願った。清風も明敏柔軟な頭脳と、どこか胆力を秘め隠した風情の重輔に尋常でない何事かを感じそれを認めた。但し、重輔が清風の役宅を訪ねるのは決まって夜だった。重輔の父、下谷重蔵は反清風一派の重鎮だった。父の手前もある。流石に白昼堂々と清風に教えを乞うのは憚れて遠慮したのだ。秘密裡ながらも、そうして重輔が清風に師事してから三月を過ぎ、師も弟もお互いの志も気も十分に通じた頃、清風が重輔に妙なことを問うた。

「重輔、お主、下谷の家から出ぬか？」

「申されますと……？」

「わしは、お主にやって欲しいことが有るのじゃ。そのことは下谷の嫡子では出来ぬ……毛利のお家とも、下谷とも縁の無い素浪人でなければ出来んことなのじゃ……」

「拙者に下谷の家を出て浪人せよと申されるか……」

「そうじゃ、そうしてくれぬか……？」

「事と次第に依ってはそういたしても……しかし、浪人に落ちて拙者は何をするのでありましょうか？」

「今は申せぬ……じゃが、社稷《しゃしょく》の為じゃ。お主には判るじゃろうが、わしの言う社稷とはお家では無いぞ……日の本六十四州の為なのじゃ。この頃、あちこちに南蛮船が出没してこの国を窺っておると聞き及んでおろう。その目的は判らぬが、清国や朝鮮国での振舞いから察するに良からぬことに相違あるまい。日の本をあいつらの好き放題にさせるわけにはいかぬ。ところが今の幕府には、それに対抗する力も気概もありはせん。ならばどうする……長州立つべしなのじゃ。その為には力を蓄えねばならん……力の元とは何ぞや……金なのじゃ。例え大罪を犯してでも、今、元手になる金を創らなければならんのじゃ。そのようなこと、並外れた気力胆力を備えたお主でなければ余人には出来まい。どうじゃやってくれぬか？」

そこまで言われれば重輔に躊躇は無い。短く答えた。

「相分かり申した。下谷重輔、清風殿の申されることに従いましょう」

翌日から重輔は人変わりする。女郎屋に居続けて有り金を使い果たし、付け馬を付けられて屋敷に戻ったかと思うと、昼間から酒楼《しゅろう》に入りびたり、酒を喰らって酔った揚句に地回りの不逞の輩と悶着を起こして大立ち回りを演じる……家中並ぶものが無い優秀な若者と喧伝されていた寄組・下谷家嫡子の物狂いしたような放蕩三昧は、忽ち狭い城下で人々に噂され、やがて城中にも届き始める。下谷の父や親類・一門の者達は、代わる代わる様々に諭し叱りつけるが、重輔は蛙の面《つら》に小便で一向に行状を改める気配を見せなかった。清風の改革策に従って、藩は厳しい奢多禁止令や倹約令を発して取り締まっている最中である。藩士領民の手前、いかに俊英を謳われ将来を嘱望された上士の嫡男であっても見逃すことは出来ない。遂に藩庁は下谷重蔵に嫡子重輔の廃嫡を命じ、重輔には萩城下からの追放という沙汰が下され家から放り出された。

「それで清風殿、拙者はこれから何をすれば宜しいのですか？」

「抜荷じゃ……お主には、抜荷の差配をしてもらう」

「抜荷……抜荷と申さば、天下の御法度ではございませぬか。それを拙者にやれと申されるのか？」

「そうじゃ……じゃがな重輔、お主は今、抜荷は天下の御法度と申したが、それは違うておる。鎖国令とは、そもそもどこが発したものだか知っておるか？」

「幕府……徳川幕府の定めた天下の公法と存じております？」

「ならば聞く。朝廷より下された徳川家の職とはなんじゃ……」

「徳川家は朝廷より征夷大将軍の職を奉じ、日の本の国の政を司っておると存じておりますが」

「そこがおかしいと思わぬか？」

「はっ……」

「考えてもみよ。由来、征夷大将軍の職とはなんぞや……日本の国の兵馬の権を与えられたに過ぎないではないか。何故に政までも差配する権能がある。この国で、政の権能を持っておられるのは朝廷をおいて他にない筈じゃ……朝廷から国を閉じよとの令など出ておらぬのじゃ。法の理屈から見れば、徳川家が日の本六十四州に鎖国令をひく権能などそもそも無い。言わば鎖国など徳川家の単なる定め、家法に過ぎんのじゃ……たかが徳川の家法に、我が毛利家が黙って従うなど道理も無ければ正義でも有るまい」

粗雑で初歩的な日本国の政体論を語る清風に、英明な重輔も僅かに混乱した。

「しかしながら、六十四州悉く、幕府の定めた法に従っていると承知しておりますが……?」

「そこじゃ、そこなのじゃ。何故に日の本数多の諸侯が徳川の家法に従っているか……幕府徳川家が恐ろしいからじゃよ。だが薩摩を見よ。薩摩島津家が幕府御法度の筈の南蛮交易を盛んにやっていることなど天下衆知の事実じゃ……じゃが、幕府は薩摩に何の咎めも出来ぬではないか」

「薩摩が琉球を使って唐国と抜荷をやっていることは拙者も聞き及んでおりますが、どのような咎めも無いのは、単なる幕政の緩み幕威の衰えであろうと考えております」

「おう……お主よう見た。幕政の緩み……その通りじゃ。幕府には士道盛んで富裕な薩摩を屈服させるだけの力はもはや無い。更には下手に咎め立てして、鎖国など日本国朝廷の発布した公法にあらず。徳川家の私法に過ぎないと開き直られでもしたら、とんでもない藪蛇じゃ。じゃからこそ何も言えず知らぬ振りをしておるのじゃ。徳川の旗本御家人も譜代の家も、薩摩を咎めるとなると戦を覚悟して支度をせねばならぬ……ところがじゃ、どこの家中も士道は緩み台所は火の車で戦など出来る話では無い。幕閣の家とて同じじゃ。譜代幕閣旗本連中は、薩摩を恐れ、戦を嫌って知らぬ振りをしておる」

「ならば、我が藩も薩摩に倣い、公然と唐国との交易を盛んにして利を挙げれば宜しいのではありませぬか?」

「我が藩の若い下僚連中の中にもそう申し立てる者が居った……じゃが重輔考えよ。先年浜田藩松平公が抜荷の咎で改易された件、お主も知っておろう。幕府が大藩の薩摩には手を付けず浜田藩を厳しく処断したのは、かの藩に歯向かう力が無いのを見透かしてのことじゃ」

「精強富裕な薩摩と違って、長州は侮られて浜田と同じ扱いを受けると言われるか」

「さよう。むしろ浜田よりも厳しく処断されるであろうな……幕閣は外様の毛利三十六万石を取り潰せば、幕府の威光の回復に役立つとでも考えるじゃろう。言わば見せしめにされるのじゃ……そうなっても、今の長州藩には幕府に物申すだけの金も力も有りはせん」

「何とも情けない……悔しくありますな」

「だがな重輔、それが今の長州の実体なのじゃ……八万貫もの莫大な借財で藩の台所は首も回らん火の車、家中の士風は怠惰軟弱に流れ、藩の大元である筈の領民の多くは大貧乏に難儀しておる……その一方で、情けないことじゃが、商人と結託して肥え太り豪奢な暮らし向きの者共も居るのじゃ。今の長州藩は、幕府に侮られて当然の体たらくなのじゃ。だからこそ、わしは人に嫌われ恨まれても、藩政を正道に戻そうとしておるのじゃ」

　清風は表情に悲壮感を滲ませて続ける。

「わが藩の士風を揚げるには、まず人を育てねばならん。人を育てるには学舎も建てねばならんし、何より領内の子や若者が学問もせずに日銭を稼がねば暮らしが立たんようではどうにもならん……天下に物申すには力がいる。力とは人と金じゃ。大砲も鉄砲も船も揃えねばならんし教練もやらねばならん。長州を変えるには金がいるのじゃ……藩庫に莫大な金を積まねば何事も出来んのじゃ。しかし、われらが今取り組んでおる改革には限界がある。どれだけやっても食うだけじゃ、人を育て、武を備えるだけの金は捻り出せん」

「拙者にその金を抜荷で創れと申されるのですね」

「そうじゃ……お主ならやりおおせる」

「一切承知いたしました。下谷重蔵、命を懸けてその御役目お勤めいたします」

「引き受けてくれるか……ならば言う。お主に合力して働いてくれる方々は既に控えておる。石見境の江崎浦を知っておるか？」

「父に連れられて一度だけ立ち寄った覚えがあります。もう十年近くも前のことで、殆ど覚えてはおりませぬが……」

「お主は、城下を出たら大刈峠を越えて江崎の浦庄屋中本幸兵衛殿を訪ねるのじゃ……後の仔細は幸兵衛殿が心得ておられる」

「中本幸兵衛と申す御仁は清風殿の手の内のお方ですか？」

「手の内の者などと無礼なことを申すな……中本幸兵衛殿はわしの友、同士じゃ。天保元年の大水害の後、わしが阿武宰判《あぶさいはん》の被害を調査して回っておった時のことじゃった……江崎浦の里方は田畑ばかりか、家十軒ばかりも流される大被害を受けておった。ところがわしが参った頃には、幸兵衛殿は自分の蔵を空になるほど開け放ち、江崎浦の町人や網元漁師達を引き回し、被災民に飯を食わせ救済小屋を建てて住まわせておっただけでなく、何と新道を普請し、田畑の復旧にまで手を着けておられた……いやはや、忙しい男衆に替わって、漁師の女房や商家の嫁に子供まで出てきて、賑やかに泥だらけになって働いておったのじゃ。今思い出しても胸が熱くなる心地がする。中本幸兵衛殿とはそのような御仁じゃ……じゃからこそ、翌年の大一揆にも江崎浦近郷の者共は一切の動揺を見せなかったのじゃ……治者かくあるべし。わしは幸兵衛殿に教えられた思いであった」

夜明け前、長州浪人・小谷重輔は清風の役宅の門を静かに潜り、城下の北十里に在る江崎浦に向かった。

三

清風の密命を帯びた下谷重輔が長州藩領・長門国阿武郡江崎浦の浦庄屋、中本幸兵衛の屋敷を訪れたのは桜の花の散りきった雨の夜だった。応対に出た下僕の老人には来意は告げず、名だけを告げて幸兵衛への面会を求めると、直ぐに幸兵衛が出てきて重輔を迎え入れ奥座敷に招じ入れた。

「清風殿門下・下谷重輔であります。清風殿の下知により参上いたしました」

「ようお越しくだされた……昨日清風殿より海廻りで書付が届いておりますゆえ、下谷殿の身上、よく存じております る」

中本幸兵衛はこの時四十を僅かに過ぎたばかりで重輔が思っていたより余程若い。一見儒者か町医者風の優し気な風貌をしているが、目元口元や立ち居振る舞いに鋭さがあり、どこか精悍さを滲ませている。

「書付と一緒に、我らと同心する方も萩から参られておりますので、お引き合わせいたします」

幸兵衛が襖で隔たれた隣室に声を掛けた。

「西尾殿、お入りくだされ」

襖を開いて重輔と似た年頃の若い男が現れ、幸兵衛の横に座り笑顔を見せた。

「西尾謙介と申します……以後、お見知りおきくだされ」

膝に両こぶしを置き見事な風儀でゆっくりと頭を下げる西尾と、答礼する重蔵を如何にも頼もし気な風情で交互に見ながら幸兵衛が言う。

「重輔殿……このお方は、益田様ご家中西尾家の嫡男であられたものが、仔細あって城下でお店奉公をされておられたのじゃが、清風殿に説かれて我等と同心される心得をされて、ここに参られたのじゃ」

長州藩永代家老益田家の領地・須佐村で、代々益田家の客分として地方差配役を務めていた西尾家の嫡男・謙介が、萩城下の醤油屋に手代名目で住み込んでいたのには訳があった。謙介が五歳程の頃、須佐村を大洪水が襲い、西尾家屋敷は物凄い濁流に呑み込まれて流され、両親・祖父・女中・下男が悉く亡くなったのだ。この大洪水の最中、屋敷の誰かが万が一を願ったのであろうか幼い謙介を桶に入れた。水の引いた翌日、倒れた松の枝に引っ掛かって流されることから免れた桶の中から謙介は助け出された。しかし残された幼い謙介には両親はおろか家すらない……間の悪いことに、毛利宗家に仕える西尾本家は江戸在府で、親戚筋にも預かって養育するに適当な家は見つからない。益田家は、取り敢えず西尾家家督を預かり、成人した後に相続させると決め、謙介を寺に預けて養育することにした。須佐村はずれの浄土真宗・玉臨寺に預けられた謙介は、住職の哲宰に厳しく躾けられた。徹底的に初歩的な学問の手ほどきを受け、やがて八歳になった頃、須佐村の益田家支配の学館・育英館に入塾する。育英館で文武に励んだ謙介は、その才気人並み外れて優れ、剣術に至っては、育英館剣術指南役・品川藤兵衛に「謙介の剣技、既に我を遥かに超える。もはや教示する何事もなし」と言わしめたほどだった。謙介に着目嘱望した益田家は、十五歳になった謙介を萩城下の藩校明倫館に入れた。本来なら、藩士でなければ明倫館には入ることは出来ない……明文化はされていなかったが、それが慣例だった。慣例に依れば、益田家客分とはいえ陪臣身分の西尾謙介は明倫館には入れない。しかし、時の当職・益田越中は「我家中、未だ見ぬほどの才ある若者である」として、謙介を益田家育みとし明倫館に通わせた。明倫館に入って一年もすると、謙介の文武の才は館生や教授達に認められ激賞され始めるが、「須佐から出てきた田舎者の陪臣風情が……」と妬む者も出てくる。ある日、明倫館での課業を終え、田町大通りに差し掛かった謙介を呼び止める者がいた。謙介には見覚えがある。前日、有備館で行われた剣術試合で打ち負かした二人と、我が身分を鼻に掛け何かと粗暴な振舞いが多く、謙介にいやがらせを繰り返す梨田某だった。三人共、木剣を片手握りに携え、多勢を頼んでか面上に薄笑いを浮かべている。

「おい謙介。お主……須佐の陪臣風情が、この二人に恥じをかかせたそうじゃな」

梨田某は謙介よりも一回り以上も大きい。肩を怒らせ凶悪そうな顔貌を厳しく歪め、謙介に詰め寄る。ところが詰め寄られた謙介は平然としている。

「恥をかかせた？　剣術稽古で尋常に立ち会って、メンコテ取った取られた程度のことが恥でありますか？」

「何を……陪臣のくせに生意気をほざくな」

梨田某が怒気を発し、打ちかかろうと木刀を振りかざすと、謙介はスーッと二歩ばかり後ずさって間合いを外し、背に担いでいた防具袋と竹刀を足元に下ろす。所作に微塵の隙も無い。そして、ゆっくりと背を伸ばし、次の瞬間スパリと刀を抜いて静かに告げた。

「木剣での打ち合いなど無用、お相手いたす……抜かれよ」

三人がかりで脅し付ければ、陪臣の謙介など恐れ入って許しを請うだろうとタカをくっていた梨田某は肝を潰され狼狽した。人通りの多い往来である。既に人が集まり遠巻きにして事の成り行きを見守っている。威圧しようとした相手に、刀を抜かれたからといって、すごすご逃げ出す訳にはいかない。だが、梨田某も他の二人も、刀を抜いて謙介と命の遣り取りが出来るほどの度胸も腕も持ってはいない。梨田某は、怒りと恥ずかしさと恐怖に居たたまれなくなった。行き成り奇声を発し木刀で袈裟懸けに打ち掛かる。打ち掛かられた謙介は、一瞬の間に刀の刃を返し、右前に一歩踏み込み、すれ違いざま刀の峰で梨田某の高胴を浅く撃ち、続いてもう一人が打ち掛かってくるのを見切って交わし、コテを軽く叩いて体当たりで弾き飛ばした。梨田某は両膝を屈しあばら辺りを抑えて呻き声を上げ、弾き飛ばされた男は手首を抑えて転がっていた。

「抜きますか？」

謙介に問い掛けられたもう一人は、激しく被りを振り震えながら梨田某の介抱をする仕草を見せる。謙介は三人に「お立会い有難うござった」と軽く会釈して立ち去った。この少年は今二人を打倒したばかりでありながら、落ち着き払って露程の動揺も見せていない。

騒ぎは忽ち城下に知れ渡ったが、藩重職を務める梨田某の父親が、喧嘩両成敗の咎めを恐れて方々に手を尽くし一件をもみ消した。しかし謙介だけは、白昼、町中往来で刀を抜いたのは、如何に理由が有ったとしても明倫館生として不都合である、とされて明倫館を追放された。謙介の庇護者である益田越中は、この時江戸在勤で萩に居ない。越中が謙介の明倫館追放を知ったのは半年後だった。だが謙介の才を常々聞かされていた越中の内儀は益田家の家臣達と計り、屋敷出入りの醤油屋に手代名目で寄宿させ、秘かに私費を投じて私塾に通わせ学問を続けさせた。謙介は学問の合間に醤油屋の帳場を加勢しながら、様々な商売の仕組・仕来り・慣習を調べ、教えられ、現場を見て、大店の番頭が務まるほどの商理とでもいうべきものに辿り着き、遂には「商の理と利」と題した論文を書き上げ益田越中に上程した。この頃、益田越中は、彼を召し出し、預かっている西尾の家督を継がせようとも考えていたのだが、謙介ほどの者を陪臣身分に留め置くのは勿体無いと思い直し、明倫館追放のほとぼりが冷めるのを待って、毛利家中の、それなりの身分の家に養子に出し、西尾の家は謙介の子にでも継がせようと考えを変えていた。そしてそのまま数年が過ぎ、清風が「地江戸仕組掛」の総責任者として藩内人材の発掘登用に乗り出した機会を捕らえ、「若年陪臣ながら文武に優れ商理に明るい者」として「商の理と利」の写しを示して西尾謙介を推挙し引き合わせた。数日後、その首尾を問う益田越中に答えて表情を消した清風が言う。

「越中殿……西尾謙介、藩庁には召さぬが拙者に貰えぬか？」

「それは……謙介は清風殿のおめがねに叶いませぬか？」

「いや、そうではない。越中殿の申される通り、かの若者、尋常でない才気を持っておるし学にも達しておる。だからこそ、西尾謙介にやってもらいたいことが有るのじゃ……が、仔細は申せぬ」

「仔細も分からず、わが家中の宝、西尾謙介を差し出せと申されるのか？」

「さようでござる……しかしながら安心召されよ。決して謙介の才気を埋め殺すような使い方はいたしませぬ。かの者には、長州を背負うて歩く程の大仕事をやってもらう所存でござる」

木で鼻を括ったような無表情のまま、そう言い切った清風の鋭い眼中に越中は何事かを見たが、そのことには触れず答えた。

「解り申した。西尾謙介、清風殿にお任せいたす。思う存分お使いくだされ……」

その後、謙介と清風は人目を避け秘密裡に三度ばかり面談している。三度目の面談の後、謙介は清風から中本幸兵衛に宛てた書状を託され、萩城下浜崎港から船に乗り江崎浦にやって来ていたのだ。

四

重輔には西尾謙介という名に覚えが有った。重輔が江戸から萩に戻り明倫館に編入した頃、同年の館生達から「益田様ご家中で、文武抜群の西尾謙介という男が居たのだが、惜しいことに、僅か一年で騒動に巻き込まれて退館した」「西尾の論語解釈は面白かった。もしかしたら、あの男の学才は教授連を凌いでいたかもしれない」「あいつの剣は、お家流の神道無念流とは違っておったが、俺などではとてものこと、歯が立たなかった」と様々に、その名を聞かされていたのだ。重輔がそれを言うと、謙介は只笑顔を浮かべるだけだったが、文化十二年（１８１５年）生まれの同い年と判ると忽ち意気投合し、「お主」「俺」と呼び合う程に打ち解けた。二人が中本幸兵衛宅に入り四日が過ぎた日の昼下がり、沖から帰ってきたばかりの漁夫か水夫のような、ひげ面の潮臭い風体の男が中本屋敷を訪れた。男は迎えた下僕に短く声を掛けただけで案内も請わず奥座敷に入る。そこには幸兵衛と謙介に重輔が待っていた。男は座り込みながら初対面の若い二人を一瞥して厳しい表情を見せて言った。

「幸兵衛殿、このお二人は……」

「心配ご無用……、こちらのお方は寄組・下谷家元嫡男の下谷重輔殿、もうお一方は須佐益田様御家中、西尾氏正嫡・西尾謙介殿と申される。お二方共、清風殿同心の方々で既に事の次第心得られておられます」

四十絡みと見える男が厳しかった表情を緩め笑顔になって、存外に優しげな表情で二人に言った。

「大和屋喜八と申しまする。五年程前から清風殿に扶持されており申したのじゃが、この度、清風殿の命で幸兵衛殿に同心する為にこの屋敷を根城にして働いております」

若い二人に深く頭を下げた喜八が頭を上げるのを待って幸兵衛が続ける。

「お二方、喜八殿も元は毛利様御家中、木下氏……大坂蔵屋敷の勘定方お雇いを長年に渡って務めておられたお方じゃ。五年程前、お家に物入りの事が有った折、お役儀で方々に借銀を申し回られたのじゃが、首尾よう御役目を果たすことが叶わず……その責を一身に負われて……と申すか、負わされて、お役を外され無役に落とされて蔵屋敷を追われ、本貫の長門豊浦にも帰れぬまま大坂の町家に隠れておられたのを、清風殿が、その才惜しいと申され、探し出されて内々に扶持されておられたのじゃ」

喜八が元毛利家中だと判った重輔と謙介は、僅かに近親感を籠めて彼を見た。

「ところで喜八殿、首尾はどのようでござった？」

「蝦夷の昆布の仕入れは大凡目途を付けて参りました。しかしながら、俵物は思った以上に幕府の締め付けが厳しゅうござる……余程の高値で釣っても横荷は難しかろうと判り申した」

「なるほど……仔細をお聞きする前に、皆さま揃われましたので申します。我らがこれから同心して、何を成さんとしておるかはご存知の通りでございますが、お三人方、おのおのの役儀を御知り置きいただきたい」

いつもは、優し気で穏やかな表情の幸兵衛が、秘め持った精悍さを迸らせ厳しく口元を結び三人をゆっくりと見回す。喜八は目を瞑り、重輔と謙介は座り直して緊張した表情を浮かべていた。まず幸兵衛が言ったのはこうである。幸兵衛の中本家の祖は、関ケ原において西軍が敗北し、主家毛利氏が防長二州に減封され押し込まれた後、津和野藩と接する石見境を守る為に秘かに置かれた守備隊の組頭だったという。だがこの守備隊は徳川幕府に遠慮して表沙汰にはされなかった。やがて時代が下り、幕政が固まって世の中が平穏になると、彼らの存在は不要になり藩はその任を解いた。しかし、既に長州藩毛利家の家臣団構成は固まっている。彼らの帰参の余地など全く無かった。やむなく中本家をはじめとした藩境守備隊の家々の多くは江崎浦に土着した。長州藩は中本家を浦庄屋に任じ、他の者共は神職や商人に漁師、さらには農夫に転じた。この時、江崎浦に土着した家々の末裔が、今でも十三家ばかり残っていて「熨斗《のし》の内」と称し、秘かながらも緊密な関係を保ち、毎年正月には中本屋敷に集い結束を誓い合うのだという。

「その熨斗の内の方々を皆様方に合力させます」

幸兵衛は重輔と謙介を見ながら続けた。

「重輔殿には朝鮮の礒竹島に渡り、元対馬藩御用の対州屋伊之助と申す者と連絡して、我らの企てを打ち明け一味するよう勧誘していただく……それと島の探索もしてくだされ」

鎖国が国是で有ったこの時代、特例として江戸幕府から李氏朝鮮との応接窓口（外交役）を命じられた対馬藩宋家は、釜山に倭館《わかん》（大使館）を置きその任を務め、幕府は見返りとして品目を限って朝鮮交易を許可していた。しかし当初は順調だった対馬と朝鮮の交易も、対馬藩財政の窮乏や世情の変化に依って次第に衰え、天保の頃に至ると釜山の対馬藩倭館は名目ばかりで廃れ置かれた有様だった。倭館を根城にして商売をしていた対州屋伊之助は拠り所を失い、礒竹島に渡って浜田藩の御用商人会津屋と組んで藩黙認の抜荷を行い、それが幕府隠密・間宮林蔵に暴かれて、浜田藩は厳しい処断を受けることになったのだが、幕府は朝鮮・礒竹島の対州屋伊之助には手が出せない。何度か対馬藩を通じて、李氏朝鮮に対州屋の捕縛と引き渡しを要請したが、黙殺されて遂に応じられることは無かった。しかし幕府のお尋ね者になった対州屋は対馬に戻ることは出来ない。そのまま礒竹島に住み着いている。知古だった対馬藩公用人から、この話を秘かに聞き込んだ清風の描いた構図は、その対州屋を勧誘し一味して抜荷をやろうというものだった。

「拙者の役儀は判り申した。しかしながら、朝鮮磯竹島のことなど何も知りませぬが？」

「重輔殿がご存じないのも無理はございません……この私も、そのような島が有ることさえ知りませんでした。それで、清風殿から磯竹島対州屋と一味せよと申し付けられてから、いろいろと調べてみ申した」

彼が調べた磯竹島は、島の周囲二里半ほど……日本国・隠岐の島から北北西に七十五里、朝鮮の東方海上三十五里の海上に浮かぶ、平地の乏しい山ばかりの絶海の孤島で、竹木が豊富で川が流れ水は有るという。大昔から隠岐や因幡の漁師達が、この島に渡りアワビやスルメイカ漁をしていたらしいが、いつの時代からか住み着く者が現れ、室町時代から戦国時代後半には、戦に敗れ領国を追われて島に渡った日本の落ち武者達が、罪を犯し朝鮮から逃れてきた無頼の朝鮮人や漢人を手下にして砦や館を構え、商船を襲って積み荷を奪い、朝鮮半島沿岸の村々に出没しては暴れ回り、略奪を繰り返して倭寇と呼ばれ恐れられていた。当然、李氏朝鮮も何度か討伐を企てたらしいが、遥か沖合の磯竹島を根城にして武威を誇る彼らを、攻め落とすだけの気概も実力も有ろう筈も無く唯々沈黙していた。しかし秀吉の朝鮮出兵が始まり、朝鮮の山河にも海にも勇猛果敢な日本人武者達が溢れると、倭寇は活動の場を失い次第に衰亡する。やがて国内統治体制の整った江戸幕府は、隠岐の漁師達が願い出た磯竹島での漁業や竹木の採取許可を与えた。ところが隠岐の漁師達が、元々住み着いていた日本人達と協力して本格的に開拓を始めると、朝鮮本土で食い詰めた数十人の朝鮮人達が徒党を組んで島に密漁にやって来るようになった。彼ら密漁者どもは、臆面も無く日本人の拓いた桟橋や井戸を勝手に使った揚句、汚辱塗れにしてそのまま立ち去ってしまう。それだけでは無く、島に住む日本人たちが厳しい冬に備えて蓄えた薪を勝手に持ち去り、僅かな平地を拓いて植えた農作物が実ると盗み取る……ついに堪忍袋の緒を切った日本人達は、朝鮮人密漁者の首領株らしい男二人を捕らえ、残りの者は追い返した。捕縛した二人を日本に連れ帰った隠岐の漁師達は、幕府に磯竹島での朝鮮人の密漁と狼藉を訴えた。訴えを受けた幕府は、対馬藩を通じて李氏朝鮮に抗議を申し入れる。しかし朝鮮の役人は、「鬱陵島（磯竹島）は日本より朝鮮の方が近いに依って朝鮮領である」と主張する。磯竹島には昔から日本人が住んでいると言えば「それは日本人が勝手に住み着いたもので、我が朝鮮の慈悲で追い出さなかっただけのことだ」と言い、あの島には朝鮮人は一人も住んでいないではないかと問えば「朝鮮人が居ないのは当然で、朝鮮国は昔から鬱陵島（磯竹島）で空島政策を取っている……これこそ、我朝鮮国の統治の行き届いている証拠である」と珍妙極まりない荒唐無稽なことまで言い出す。交渉は長期間に及んだが、朝鮮側は愚劣で理も非も無いことばかりを、物狂いしたように激しく言いつの繰り繰り返すばかりで、一向に交渉は進まず埒が明かない。遂に幕府内には「兵を出し、武を持って朝鮮を屈服させるべし」との強硬意見が出され始める。しかし、時の五代将軍徳川綱吉の裁可で、幕府は隠岐の漁師達への免許を取り消し、連行した二人の朝鮮人を送り返して交渉を打ち切りうやむやにした。綱吉にすれば、長い戦乱の世が終わり漸く平和な治世が始まり落ち着いたばかりの時に、たかが遠く離れた小島一つの争いで、再び朝鮮と戦端を開くようなことはしたくなかったのだろう。だが、送り返された朝鮮人達は、国に戻ると自分達が日本の役人と交渉し鬱陵島（磯竹島）を放棄させたと吹聴し、彼らを取り調べた李氏朝鮮の監察にもそう申し立てた。勿論大嘘だった。それが百年程前……百年の間に、二人の朝鮮人密漁者の大嘘は真実味を帯び、天保の頃に至ると、建前はともかく外交的には日本国幕府は事実上、磯竹島の領有権を放棄したことになってしまっていた。しかし現実的に磯竹島には日本人が住み、隠岐の漁師達が松島（現在韓国が不法占拠している島根県隠岐郡隠岐町竹島）に小屋掛けして漁をする時などには、磯竹島の者達と連絡を取り合い、磯竹島の日本人が薪や水を松島に運び、隠岐の漁師は見返りに味噌や醤油を渡してやっている。幕府の国内向けの建前からにすれば磯竹島は日本の隠岐国領なのである。隠岐の漁師が、磯竹島に住む日本人と交流することを咎めだても出来ず黙認していた。李氏朝鮮の言う空島政策で住めない筈の朝鮮人達も、朝鮮本土の余りの窮乏と苛政を逃れ、国を捨て集落を作って住み着いている。無論この頃も李氏朝鮮の統治は全く及んでおらず、近代の領土概念から言えば、無主の地と言っても良いだろう。ちなみに李氏朝鮮が磯竹島の空島政策なるものを捨て、初めて開発統治に乗り出したのは、この時から四十二年後の（１８８２年）のことだった。

静かに幸兵衛の説明を聞いていた重輔が、決意の籠った表情を露わにして力強く言う。

「解り申した。この重輔、明日にでも磯竹島に渡りましょう」

力強く言い切った重輔に幸兵衛は満足げな微笑みを返した後、今度は謙介に告げる。

「謙介殿には、わしの遠縁の者として津和野城下の米問屋・丸屋に養子として入っていただく……そして丸屋の子として江崎浦の廻船問屋・兵庫屋に婿入りして切り盛りして欲しいのじゃが……いかがかな」

商理に明るく明敏な謙介は、兵庫屋の婿に入って何をやるべきかについては大凡想像出来たが、それでも不審な点が幾つか浮んだ。それを幸兵衛に問うた。

「幾つかお聞きしたいことがございます……まずは兵庫屋とは、どのような商いをしておるのでございましょうか？」

「兵庫屋も熨斗の内……元は石見が本貫の津田氏の裔で、寛政の頃から藩の免許を受けて奥阿武や石見の米を大坂に荷出しをしておったのじゃが……去年の冬、馬関からの戻りに大風に遭って難破し、酷いことに兵庫屋主人をはじめ番頭手代から船頭水夫まで、皆死んでしまいましたのじゃ。可哀想に、未だに遺骸の上がっとらん者も居ります」

「それでは兵庫屋には船も無いし、人も居らぬのでありますか？」

怪訝そうに問い掛けられた幸兵衛は、微笑みを浮かべ答えた。

「船はございませんが、娘が一人と、一度は隠居した七十過ぎの元番頭が戻ってきて兵庫屋の暖簾を守っております」

「なるほど……拙者はその娘の婿になる訳ですな」

妙に落ち着き払って謙介が言うと、

「左様、兵庫屋の暖簾で、我等の一件を成すというのが筋書……」

頷く謙介に、二人の遣り取りを黙って聞いていた大和屋喜八が顔中に笑顔を浮かべ謙介に言った。

「謙介殿……安心されよ。兵庫屋の娘・お登勢は奥阿武小町とまで言われる程の美形じゃ。それに、心映えの優しさに浦の者達は今弁天とも言っております。まことにうらやましい限りですぞ」

幸兵衛と重輔は表情を緩め、謙介はわざとらしく渋面を作りながらも耳たぶを赤く染めた。自らを戒め緩んだ座を引き締めるように、謙介はもう一つ幸兵衛を厳しく質した。

「しかし幸兵衛殿、船も無いような兵庫屋の暖簾を借りたところで、新しい船を造り、商売の元手にするだけの投げ銭（資本金）が無ければ如何にもならぬのではありませぬか？」

無論、長州藩が公然と資本を出す訳にはいかない。しかし清風に抜かりはない。実は清風は抜荷を企て様々に策をめぐらせ、それが現実味を帯び始めた半年前、江崎浦庄屋の中本家には先先代の時分から藩に貸した金が有るという証文（借用書）を捏造し、秘かに幸兵衛に託していたのだ。この偽証文では、藩は三十年間利息さえ払っていないことにしてあり、それが積もり積もって、元本合わせれば銀二百貫（金三千三百両）という莫大な額にのぼることにされていた。この証文を、幸兵衛が藩庁に差し出し返済を申し入れれば、清風が決裁して藩から借金の返済名目で金が出る。更に芸の細かいことに、返済を申し入れた幸兵衛と藩勘定方役人は、当面銀百五十貫（金二千五百両）の返済で折り合いをつける手筈になっていた。勿論、藩勘定方役人は幸兵衛が差し出す証文が、清風の造った偽造借用書などとは露ほども知らされていない。

「その金を、藩御用の奥阿武倉米荷出しの免許を抵当に中本家が兵庫屋に貸す……いかがでありましょうか？」

話を聞いた三人は、清風の緻密にして大胆な策謀の深さに驚かされた。清風の策に依れば、万が一抜荷が発覚し、金の出処として藩が疑われ幕府の追及を受けても、返した借金の使い道など関係の無い話として突っぱねれば、抜荷は首謀者・中本幸兵衛とその一味の罪であるとして、藩の関与は完全に否定出来る。謙介が呻くように言った。

「いやはや清風殿の深慮遠謀、恐れ入るばかり……この謙介、一切承知いたしました、この西尾謙介、兵庫屋の婿に入って存分に働きましょう」

五

謙介とお登勢の婚儀は、遺体の上がっていない兵庫屋奉公人に遠慮するとして華々しい婚礼は控えられ、幸兵衛夫婦の媒酌で「熨斗の内」組内の主だった者と、下谷重輔が謙介友人、大和屋喜八が謙介親戚として立ち会って行われた。この日謙介は、お登勢と初めて顔を合わせた。「何と……優しげで美しいおなごじゃ」と謙介が思えば、お登勢もまた、秀麗端正な容貌に知性と凛々しさを漂わせた、自分の婿となる男に一目で引き付けられ魅せられた。婚儀が終わり五日ほど経ったある日、重輔が磯竹島に旅立つ日が來た。重輔は江崎浦網元・石見屋五平の持ち船「弁天丸」に乗って山陰沿岸に沿って北上し、出雲あたりから一旦隠岐を目指し、そこから松島に立ち寄って風待ちした後、磯竹島に渡る算段だった。船頭は万吉、船子は五人。皆「熨斗の内」石見屋に、船頭や漁師として先祖代々仕える家の者達だった。彼らは重輔を磯竹島に送り届けた後、二人を重輔の従者として磯竹島に残し、船頭と他の三人は磁石を使った沖乗りで、磯竹島と江崎港の最短ルートを探りながら戻ってくる手筈だった。

重輔の旅立ちを見送った謙介は、抜荷に使う新造船の構想を練り固めた。それは、当時最新型の弁才船で五百石積み。帆は二尺五寸・二十一反の松右衛門帆、伝馬船を装備し、沖乗りが安全に出来る頑丈な構造であること……既に幸兵衛は、あの偽借用証を藩庁に差し出し銀百五十貫の返済を受けている。返済された金の内、百貫は兵庫屋謙介に長州藩奥阿武倉米取り扱い免許を抵当に貸し出され、「熨斗の内」の商家が三人保証人として判を点いていた。謙介はその金で、須佐の船大工恵比寿屋徳三に新船建造を依頼する。建造費は銀三十五貫（金五百八十両）と決められ手付の銀五貫が支払われた。残金は船の形が出来上がる節目ごとに支払う約束にされている。銀百貫もの莫大な借金をしてまで新造船を造って商売を再興すると言う婿に、兵庫屋元番頭の老人は腰を抜かさんばかりに驚き反対したが、お登勢は特段驚いたふうも見せず、柔らかな笑顔を浮かべて元番頭を諭したうえで謙介に言った。

「お前様、それだけの船で商いをするのなら、番頭に手代、船頭に船子と人を揃えねばなりません……。どうでしょう、お父様と一緒に難波して亡くなった者の子や兄弟、親類筋の者達を御頼りになれば？」

「お登勢、良いことを言ってくれた……兵庫屋ゆかりの者が手伝ってくれるのなら、それに越したことは無い。私としても望むところだ」

お登勢は兵庫屋の船が難波した後、自らの父親の弔いもそこそこに、船頭から見習いの船子・丁稚に至るまで、それぞれに人並みの葬儀を営み墓石を建ててやった。その上、海難で家が傾く程の大損害を出していながら、沈んだ船の運んだ荷の代金が馬関から届くと、遭難者家族にその全てを分配したのだ。裕福な商家に生まれ何不自由なく育って世間知らずの、僅か二十歳を少し超えたばかりの娘がそれをやったのだ。江崎浦の者達は「今弁天様の兵庫屋お登勢」と渾名して褒め称えたという。彼女の美貌と心映えの優しさを聞きつけた、近郷近在の長者や富商達から次々に持ち込まれる縁談を、悉く拒絶していたお登勢に、「西尾謙介という男がおる。仔細は申せぬが、長州を背負うて歩くほどの御仁じゃ……どうじゃお登勢、兵庫屋に迎えて夫婦にならぬか」と持ち掛けたのは「熨斗の内」棟梁格の中本幸兵衛だった。すると、お登勢は何の躊躇も見せず「分かりました。幸兵衛さんにお任せいたします」と返答したのだ。しかし、赤子の頃からこの娘を知っている幸兵衛は予期でもしていたかのように驚きを見せなかった。この時のお登勢の心情は余人には判る筈も無いが、もしかしたら幸兵衛に西尾謙介という名を聞かされた瞬間、女の直感として何事かを感じ、その直感に唯々素直に従っただけなのかも知れない。その兵庫屋お登勢が婿を取り「五百石船を新造して商いを再興する」と江崎浦に知れ渡ると、難波した船に乗っていて遭難した家の者達が争ってお登勢を訪ね、兵庫屋に身を預けたいと懇願した。船頭の息子・船子の兄弟や従兄、手代の子に丁稚の兄……お登勢は寄り付いた者全てを兵庫屋に受け入れ、家族の有る者には給金を支払い、丁稚や見習いは屋敷に住まわせ自ら読み書き算盤を教えた。

その頃、兵庫屋番頭の座に就いた大和屋喜八と、新主人の謙介は屋敷の奥座敷に籠り、抜荷の具体的な仕組みを相談し始めている。

「唐に売り捌く品物で目途のたっている物は、蝦夷の昆布に輪島の塗り物、長州の刀剣に銅板・樟脳に煙草葉、有田の焼き物……そんなところでありましょうか？」

「うむ、今の我々が揃えられる物としてはそんなものであろう。昆布の手当ては充分に出来ようし、塗り物や有田焼も道筋さえつければ造作なかろう」

「清風殿が公儀に内密で美祢《みね》の長登《ながのぼり》鉱山の再開を進めておられるので、量は少ないにしても銅板は手に入る。撫育方も村々に樟脳や煙草葉の増産を奨励しておる。これらはみな産物会所から我らの元に集まる手筈になっておる……」

そこまでは力強く言い切った喜八が声をひそめ謙介の顔から目をそらして言う。

「じゃが、唐船が一番欲しがるのは俵物。抜荷で一番利の上がるのも俵物じゃ。干しアワビにイリナマコそれにフカヒレ……ところがこの三品、幕府が日本中を締め上げて独占して買い付けて長崎・出島から唐に荷出しておる。長州の浦々でもアワビやナマコを産してはおるが、それを集める領内の小商人は、幕府長崎会所御用を振りかざした大坂あたりの大問屋に、みな買い叩かれて取り上げられてしまう……例年より長州藩領からの揚げ量が少ないと、大坂奉行所から横荷をしておるのではないかと疑われ、藩に苦情が来るそうじゃ。そこまでやられると撫育方も手が出せん。それが、産物会所が俵物に手を出さない理由じゃ」

「そうなると我々は、一番利の上がる俵物を扱うことは出来ないと……」

「まあ、そういうことになる。清風殿の策で領内の浦々にアワビやナマコの増産を奨励して、例年以上に揚がった物は産物会所で買い占めて我々のところに回る手筈にはなってはおるが……量は知れた物じゃろう。余り期待は出来まい」

「なるほど、難しいものでありますな」

端正な顔を曇らせ何事か考え込む謙介に喜八が言った。

「謙介殿そのように考え込まれるな。俵物抜きでもやり方に依ってはそれなりの利は上げられる。わしは明日から馬関から富海へ出て、備前・摂津を回って大坂に行く。そこで唐物を扱うておる商人と連絡をつけて十月晦日には戻って参る。その頃には重輔殿も磯竹島から帰られておろうし、船も大方出来ておるはず……」

喜八が大坂に向かって旅立った後、謙介は毎日俵物三品について考えている。その内イリナマコや干しアワビの漁や製造法を知りたいと思いたち、ある朝お登勢に尋ねた。

「お登勢、イリナマコとか干しアワビなぞというものを知っておるか？」

「はい知っております……須佐の尾浦では造っておるそうですし、江崎浦でも毎年夏になると、筑前鐘崎の漁師が二十人ほど家族連れでやって来て、宇生《うぶ》という磯に小屋掛けして、アワビを干しては萩の海産物問屋に売っておると聞きます」

「筑前……そんな遠くから参っておるのか。江崎浦にはアワビを採る者はおらぬのか？」

「採らぬわけでは無いと思いますが……江崎の漁師達は、大船に乗ってイワシやアジサバの網漁に出た方が実入りが良いのでしょう。わざわざ海に潜ってアワビナマコを採っている者はおりません」

「なるほどな……須佐の尾浦に行けば、アワビ漁も干しアワビ造りも見られるのか？」

須佐・尾浦は江崎湾を挟んだ対岸で、遥かにお互いの町並が見える程の距離しか離れていないが、江崎から尾浦に行くには一旦隣町の須佐に行き山を越えるか、江崎湾を船で漕ぎ渡るしかない。家数二十軒ばかりの集落で、江崎浦が長州藩宗家の直轄浦であるのに対し須佐・尾浦は益田家所領だった。

その日謙介は兵庫屋の手代と共に伝馬船で須佐・尾浦に渡った。お登勢の計らいで、手土産に酒一斗と醤油二升ばかりを積んでいる。伝馬船が尾浦の浜に着くと、子供達が数人駆け寄ってくる。浜の奥には屋根だけ藁で葺かれ、壁の代わりにムシロのぶら下げられた粗末な作業小屋が四棟建てられ、そこで女衆と老人達が忙しそうに立ち働いているのが窺えた。謙介が小屋に向かうと、一人の老人が小屋から出てきて厳しく問い掛けた。

「江崎浦の者か……尾浦に何か用があるのか？」

謙介は手代が抱えていた酒樽と自分の持っている醤油壺を老人の足元に置きながら、

「江崎浦の兵庫屋謙介と申します。今日は干しアワビ造りを見たくて参りました」

謙介の名乗りを聞いた老人は一瞬驚いた風な仕草を見せた。この老人の親戚筋に当たる船子も兵庫屋の船に乗っていて遭難している。嘆き悲しむ船子の家族を親身に世話するお登勢に感謝もしているし感服もしている。そのお登勢の婿がやって来たのだ。粗雑に扱う筈が無かった。老人は体中に好意を漲らせ嬉しそうに答えた。

「おう……おう。貴方様が今弁天の兵庫屋お登勢様の婿殿か……話には聞いておったのじゃが。ようおいでた。干しアワビ造りなど、なんぼでも見りゃあええ。ささこっちへ」

老人に連れられて小屋に入ってきた謙介を振り返る暇も無い程、アワビを大釜で煮ている者、平たい土鍋で煮たアワビを煎り付けている者、むき身にしたアワビを洗っている者……竹で編んだ篭にアワビを並べている者……女子衆や子供老人達が忙しそうに立ち働いている。小屋の裏手には干しかけのアワビが入った篭が丁寧に並べられていた。

「アワビはどの辺りで採るのでありましょうか?」

老人は左手を上げ、尾浦の浜の端に突き出した岬を指さして言った。

「伝馬であの岬をぐるりと回った先の岩場でアマの男衆が取るのじゃ。日が沈む前にアワビやサザエを持って戻ってくる。じゃが水害で磯が荒れてしもうて、昔に比べればアワビも減ってしもうたし、大きいのはおらんようになった」

その後、老人は干しアワビの造り方を丁寧に謙介に教えた。

「なるほど思っていたよりも遥かに手間暇かかるものだ。江崎浦の漁師がアワビを採らずに網漁を選ぶのは無理もない話だな……」

謙介に干しアワビの造り方を一通り説明し終わった老人は、今度はナマコ漁やイリナマコの造り方を話し始めた。冬、水温が下がってアマ達が海に入れなくなるとナマコ漁が始まり、伝馬船二艘で一組になり桁網で海底を引いたり、泥砂の海底に捨て網を仕掛けて採るのだという。波静かで天気の良い日には、女子衆も子供達も老人も磯に出て、小網で掬ったり、銛で突いて採るともいう。採れたナマコの殆どはイリナマコに加工されるが、老人の説明するイリナマコの造り方は、干しアワビと同様に気が遠くなるほど手間暇かかる面倒極まりないものだった。

「じゃが、そうやってもたいした銭にはならん……運上も取られるしのぅ」

尾浦で出来た干しアワビもイリナマコも萩の海産物問屋が買いに来るが、いつも買い叩かれて尾浦の衆が食う米の七か月分ほどにしかならないと、老人は疲れた表情を浮かべ謙介に愚痴をこぼした。

その夜、謙介は尾浦で見分したアワビ漁・干しアワビの製造法と、ナマコ漁の漁法・イリナマコの造り方を詳細克明に記した冊子を纏めた。

六

天保十一年（１８４０年）七月、弁天丸で江崎港を出港した重輔は、石見・温泉津《ゆのつ》から日御碕を経て松江藩領・隠岐で風待ちをし、そこから松島を目指した。江崎港を出港して暫くの間は船酔いに苦しんでいた重輔も、すっかり船旅に慣れて真っ黒に日焼け潮焼けし、おまけに髪も髭も伸び放題、しかも鍛え上げられた体躯はガッシリと張り、面貌は目元口元キリリと引き締まり精悍この上ない……さながら海賊の親玉のような風体だった。松島に一旦船を着けた弁天丸一行は容儀を改めた。松島には乏しいながらも水場が幾つかある。それは、隠岐の漁師達が岩を砕いて池のような窪みを造り、そこに雨水が貯まるようにして有るだけのものだったが、謙介達はその水で体を洗い、髪を整え、髭を剃り、服装を改めた。船頭も船子もそれに倣い身を清め容儀を整える。一夜を松島で過ごした弁天丸は、翌日夜明けとともに磯竹島を目指した。頼りは磁石の示す方角と太陽の位置に高さだけだった。船頭の万吉は、日御碕や隠岐で聞き込んだ「磯竹島は、松島の真北よりも少しばかり西にひよりながら、満帆で一日ばかり行けば見える」という話を唯々信じ船を操る。翌朝、遠く水平線の彼方に島影が浮かんだ。島に近づくと、右手、島の端辺りに檜皮葺き屋根の家が建ち並んでいるのが見え、その前浜には石組みの桟橋が海に張り出して造られ、小舟が三艘繋がれていた。近づく弁天丸に気付いたのか、桟橋には何人かの人影が見える。船頭の万吉が「どうしましょうか？」と言いたげな不安そうな面持ちで重輔の顔色を窺う。それに気づいた重輔はギラリと双眸に力を漲らせて強く言う。

「万吉さん。恐れることは無い。あの桟橋に船を着けましょう」

重輔の厳しい声に励まされ万吉は桟橋に船を寄せる。見ると、桟橋に居るのは四人、三人は和装だったが、一人は何やら黒ずくめの異様な衣服を纏い、緋色柄に緋色鞘の刀を差している。しかも髪の色は薄い栗色で、顔色は血の気が無いほどに白い。更に驚いたことに女のようにも見える。その女とも見える者が刀の柄に手を掛けたまま、弁天丸に向かって声を荒らげて問い掛けた。

「お主ら、どこから参った。ここは日本国・元対馬藩御用の対州屋の浜屋敷じゃ……用が有るなら、まずは名乗られよ」

その声はまさしく女……重輔は驚きながらも船首に仁王立ちして大声で応じた。

「拙者は長州浪人、下谷重輔と申す者でござる……長門の国・江崎浦から、対州屋伊之助殿に用談の筋あって罷り越した。伊之助殿にお取次ぎくだされ」

女は重輔を睨みつけながら暫く黙っていたが、刀の柄から手を離し手招きをする仕草を見せた後、少しばかり声を和らげて言った。

「下谷殿とやら、父・伊之助にお取次ぎいたします。船を着けられて一人で参られよ」

女はそう言い捨てて屋敷に戻っていく。桟橋に降り立った重輔は、いかにも朴訥で人の好さそうな老人に連れられて対州屋浜屋敷に入った。重輔は髷を結わず総髪を後ろ頭で結い垂らし、淡い灰色の刺し子小袖に濃紺にこげ茶の縁取りした野袴。腰の太刀は下谷家重代の名刀・甲斐忠光作の二尺一寸五分、拵えは黒柄に黒鞘、鍔は金象嵌の施された鉄鍔。故遭って浪人の身であるとはいえ、流石に長州藩寄組の出であるだけに、際立って精悍で凛々しく見事な男ぶりを見せている。対州屋浜屋敷とはいっても、敷地こそ広大だが檜皮葺屋根に泥壁板張りの長屋のような建物を六棟ほど建て並べ、敷地の周りは丈夫そうな竹矢来を二重に張り巡らして門は無く、屋敷裏の山肌は石垣を巧みに築いた段々畑が拓かれている。船を栈橋に着けるしか、この屋敷には入ることが出来ないだろう。謙介は老人の後ろを歩きながら屋敷の様子を鋭く観察し、ふと思った。

「何と厳重なことか……まるで話に聞く、戦国の隠し砦のようではないか」

長屋の奥の間に通され暫くすると右手の板戸が開き、左右を男と女に挟まれた小柄な男が入ってきて重輔の前に座った。女は栈橋で重輔達を誰何《すいか》したあの女だった。目の色こそ黒いが後頭で括った髪の色は栗色で、肌は白く、目鼻立ちは鋭さを感じさせる程に整っているし細身ながら体躯も堂々としている。しかも職人の股引きのようなものを穿き、茶色の動物の皮で造られた見たことも無い衣服を着ている。重輔も、異人のなかには紅毛で体躯大きく目の青い者が居ることは知っていたが、話に聞くだけで、これまでそのような異様な人間を見たことは一度も無かった。男は栈橋から屋敷に招き入れた老人だった。先ほどは人良い老翁のようだったこの男が、今は人替わりしたように全身から鋭気を発して座っている。その老人が謙介に向かって言った。体躯から発する鋭気とは裏腹に、声に毒は無い。

「下谷殿と申されたな……何用あってここに参られた？」

「対州屋伊之助殿に改めて申し上げまする。拙者は長州浪人・下谷重輔と申す者。名は申せぬが、長州要路の方に対州屋殿と盟約一味して抜荷の仕組を作れと命じられ、罷り越した次第であります」

謙介には、伊之助の表情に一瞬では有ったが緊張と猜疑が走ったのが見えた。

「抜荷とな……下谷殿はこの対州屋が公儀お尋ねの大罪人であること知らぬのか」

「勿論存じております。だからこそ、こうして海を渡ってき申した」

「うむ、どうやらその方らの企て本気であるようじゃが、仔細は言えぬか？」

問い掛けられた重輔は即座に応じた。一味して抜荷をやる以上、隠し事をしたままでは首尾を遂げられないと考え、全てを明かす腹を既に固めている。まず自分の身元を明かし、洗いざらい長州藩財政の内実と先の見込みを話し、抜荷で利を上げるしか藩を立て直す道は無いと訴え、江崎浦の中本幸兵衛や西尾謙介の動きまでも話した。重輔が大凡のことを言い終わると、それまで眠ったように黙って聞いていた伊之助が抜荷には触れず、はぐらかすように問うた。

「下谷殿の申される、長州藩要路の方とは村田清風殿のことですかな？」

行き成り清風の名を出され、沈着剛腹な重輔も流石に驚いたが直ぐに答えた。

「左様でござる……対州屋殿は村田先生をご存じなのでありましょうか？」

「いやいや、会《お》うたこともござらん。情け容赦の無い、村田清風という男が長州を引き回して大事になっておると、西国筋の商人どもが言うておったのを思い出しただけじゃ。長州のような大藩のお歴々ならなおさらのこと、そのようなお人で無ければ御法度の抜荷など思いも付かないで有ろうと思っただけでござる」

一人頷きながらそう言うと、対州屋伊之助は陽気な表情で傍に控えた男に向き直った。

「下谷殿この男、尾木勘蔵と申す。ワシと同じで、このように歳をとってしもうたが、若い頃は対馬家中で並ぶものがなかった程の剣術達者じゃった男じゃ。誤って人を切って朝鮮に逃げてきて以来、わしの傍で番頭か用人の真似事をやってもらっておる」

尾木勘蔵は鋭気を消し去り笑顔を浮かべて頭を下げた。続いて伊之助は女の背に手を回し可愛くてたまらないといった表情で言う。女は顔を伏せたまま謙介を見ようとしない。

「下谷殿、これはワシの娘で麗華《レイカ》と申す者じゃ。髪の色にも、顔かたちにも驚かれたじゃろうが……この娘はエゲレス人の女房との間に生まれた子なのじゃ。娘だてらにこのようなナリをしておるが根は優しい子じゃ。ほれレイカ、下谷殿にご挨拶を」

実はレイカは先ほどからときめきを秘めている。彼女は物心ついた頃から磯竹島を一歩も出たことが無い。周りにいる男といえば対州屋の使用人と、島に住み着いている日本人や朝鮮人達だけだった。彼女から見れば、彼らは惰弱で才薄く、魅力の乏しい者達ばかりだった。男と思えるような者は十九のこの時まで見たことも無かったのだ。しかし堂々と気力を漲らせ力強く歩く重輔を見たとき、不意に胸が苦しい程高鳴ったのだ。伊之助に挨拶を促されたレイカは、何を思ったのか胸の奥のときめきを隠し戸惑いながらも、とんでもないことを口走らせた。

「対州屋伊之助の娘レイカでございます。……ところで下谷様は剣術の方はどれほど？」

異形の娘からの、思いもしなかった問い掛けに重輔は苦笑いをかみ殺して答える。

「長州萩の有備館・有田左馬之助先生の元で神道無念流を少々……それに居合は沖原新介先生につい

て片山伯耆《ほうき》流を教わりました。しかしながら、ほんの真似事剣法を齧ったにすぎませぬ」

とは謙遜してみせたものの、重輔の剣術の腕は並大抵のものではない。明倫館で開かれた選士による剣術試合で五人抜きを果たし、臨場した十一代藩主斉元から賞詞を賜ったほどの腕前を持っている。

「尾木先生を師にして、わたくしも天神一刀流を少々たしなみます……ぜひ一手ご教授いただけませぬか。お願いいたします」

これには伊之助も尾木も驚き慌てた。

「これ、レイカ。遠来の御客人に無礼なことを申すでない……娘らしく大人しくしておれ」

父が叱りつけ、勘蔵が諭してもレイカは一歩も引き下がらない。詰め寄るレイカに辟易した重輔は、渋々ながら立ち合いに応じた。素面素籠手の一本勝負で立ち合いは尾木勘蔵。

二人は長屋の土間で一間半ほどの間合いをとって対峙する。気負うレイカは、やや半身の平晴眼に袋竹刀を構え、短く鋭い気合を一声発した。ところが重輔は無造作に袋竹刀を下げたまま構えさえ取らない。重輔は既にレイカの腕前を見切っている。もし構えをとり、レイカが打ち掛かってくれば、剣士の本能として反射的に打ち返すかもしれないと思ったのだ。重輔程の者が振るえば、たとえ袋竹刀といえどもただではすむまい。彼は一切竹刀を使わず、レイカの打ち込みを受け流すと決めている。

重輔の意中も知らず、侮られたとでも思ったのか、レイカは凄まじい勢いで激しく打ち掛かった。ところが重輔はスッと僅かに身をかわし、次の瞬間にはレイカの真横をすり抜け後ろに回り込んで立っている。慌てたレイカが飛び離れ、体勢を立て直して真っ向から打ち込むと、今度は剣先を見切られ、ゆらりとした動きで外される……何度打ち掛かっても同じことで重輔は息も切らせていない。一方のレイカは顔面を紅潮させ息遣いは次第に荒くなる。余りの腕の差を見かねた尾木勘蔵が大声で立ち合いを止めた。

「やめよ、やめーい……レイカもう良い、それまでじゃ。下谷殿は、とてものことお前が打ち込めるような生易しいお方ではない。竹刀を収めて引けー」

竹刀を降ろし引き下がるレイカは、大汗をかいて肩で大きく息をしている。

「これは下谷殿、真似事剣法などとんでもない。レイカも凡手ではございませぬ。それをあのように……いやはや恐ろしい程の身ごなし、この尾木勘蔵、感服いたした」

対州屋の浜屋敷にいる男達も自衛のために剣技を錬磨し、多少は腕に覚えが在る者もいるが、レイカはその者達と立ち会っても互角以上に渡り合う。それが重輔には子供扱いされたのだ。謙介が静かに言う。

「いやいや、レイカ殿の打ち込み、中々に鋭うて身を交すのが精一杯でありました。しかしながら……要らぬことかも知れませぬが、申し上げればレイカ殿の使いよう右手・右腕に力が籠り過ぎていると見ました。も少し柔らかくなされれば宜しいかと存ずる」

そう言われたレイカは顔を上げ、初めてのときめきを、さらけ出すように喜色を溢れさせて答えた。

「はい下谷殿……参りました。教えていただいたこと肝に銘じます」

「下谷殿、お手並み見事でござった。どうじゃ暫くこの屋敷に逗留なさらぬか。先の話の続きもあるでな」

「それは願ってもないこと。宜しくお願いいたす」

頭を深く下げる重輔に、何とも言えない柔和な笑顔を見せた伊之助は続けた。

「勘蔵、そうと決まればお供の方々もご案内いたせ。……レイカ、お前は大汗をかいておる。見苦しいぞ。身の始末をしてまいれ」

父の伊之助にそう言われ、髪を振り乱し大汗をかいている自分に気付き、急に恥ずかしくなったのか頬を朱に染めて長屋に走り込んだ。

島には集落が三つばかりある。一つは対州屋の構える浜屋敷で、対州屋ゆかりの老若男女三十人ばかりが暮らし、もう一つは浜屋敷裏の丘をひとつ越えた川沿いに磯川筋と呼んでいる集落が在り、日本人の家が七軒、三十七~八人が住んでいる。ここの者達は地磯まわりで魚介を採り、川沿いの湿地を耕し猫の額ほどの水田や畑を拓き、竹木を切り出して薪や炭、竹籠などを産しては、水や青物と一緒に松島に運び、隠岐の出稼ぎ漁師達の持ってくる生活必需品と換えて暮らしを立てていた。対州屋浜屋敷と磯川筋の者達は互いに交流があり、時には嫁入り婿取りもあるという。そして浜屋敷から伝馬船で西に五丁ばかり行ったところに、日本人が朝鮮川と呼ぶ川が流れていて、川沿いに朝鮮人六、七十人程が密集して暮らしていた。それらのことを重輔に語り聞かせながら、伊之助が苦虫を噛み潰したような風情で言う。

「ワシが此処に来た頃は、朝鮮川の者が夜中に忍んでやって来ては、米から世帯道具まで盗み取るのじゃ。捕まえて打ち殺す訳にもいかず……難儀したものじゃ。それであの矢来を組んであいつらが勝手に入れんようにしたのじゃよ」

「それでは対州屋殿は、朝鮮の者共とは関わり合いが無いのでありますか？」

「いやいや……狭い島じゃ。そうもいかん。この頃は互いに何かと繋がってはいる……ところが、朝鮮の者は文字を知る者の一人も居らぬどころか、まともに数さえ数えられぬ者も多い。此処に来る時、釜山から朝鮮人通辞を一人連れてきたのじゃが、来て半年もたたずに死んでしもうた。その後は、あいつらが何を言っておるのか判らずに苦労したものじゃ」

「では今はどのようにして？」

こう重輔が問い掛けると、伊之助は顔中を笑み崩して嬉しそうに答える。

「レイカじゃ。あの娘は朝鮮言葉が話せるのじゃ……重輔殿、それだけではありませぬぞ。エゲレスの言葉でも話が出来るのじゃ」

伊之助は、レイカが朝鮮語や西洋語が話せる理由について語り始めた。伊之助が対馬から釜山に出て、対馬藩倭館に隣接する外国人居留区に屋敷を構え、対馬藩の免許を受けて李氏朝鮮との交易商売を始めて間もない頃、近所にイギリス商人一家が住んでいた。彼らは、李氏朝鮮の両班《ヤンパン》（李氏朝鮮の貴族階級）身分の釜山監察使の全面的な支援と庇護を受け、違法ながらも黙認されて朝鮮ニンジンを上海に売り捌く商売をしていた。勿論それで得た利の多くは朝鮮人の釜山監察使が巻き上げる。だがイギリスと清国の関係がアヘンの取引を巡って微妙になると、清国朝廷の重臣達は親イギリス派と攘夷派とに分かれ暗闘を繰り広げ始める。やがて攘夷派が優勢になり、後に起こるアヘン戦争に繋がっていくのだが、清国の属国である李氏朝鮮は宗主国の国情を敏感に感じ取り、主流となりつつあった攘夷派へのおべっかのつもりでもあるのか、俄かにイギリス商人の屋敷を襲って全財産を奪い取った揚句に、イギリス人達を捕縛し犬猫のような扱いで北京に送った。このイギリス人達は大英帝国を後ろ盾にした英国東インド会社や、その系列の商人では無く、勝手に極東アジアにやって来て、現地人と手を繋いで抜け働く冒険商人に過ぎず、大英帝国から見れば海賊や犯罪人に等しい。当然のことながら英国には清国と事を構えてまで、彼らを庇護する理由は無い……上海の英国総領事は清国政府からの照会に「あの者共、我大英帝国の民に非ず」とのみ回答し後は黙殺した。扱いに困った清国は彼らを朝鮮に送り返し、李氏朝鮮は残酷無残にもイギリス人全員を処刑した。イギリス人商人の屋敷が釜山監察使の手下どもに襲われた時、その商人の娘が只一人助けを求めて逃げ込んだのが対州屋伊之助の屋敷だったのだ。李氏朝鮮の釜山監察使から娘を匿い庇護した伊之助は、生まれ育った英国から遠く離れた極東アジアの朝鮮釜山で、李氏朝鮮の卑劣な官吏に裏切られ、母国からも捨てられて身寄りの一人も居ない娘を憐れみ慈しんだ。やがて二人は夫婦となり子が生まれた。それがレイカだった。

レイカの母レイチェルは、日本語をほんの片言程度にしか話せない。彼女は寂しさの余りか、毎日、毎日、幼いレイカ相手に母国語の英語で物語を聞かせ、故郷の歌を歌い聞かせ、様々に語り掛け続けた。一方でレイカは、伊之助や対州屋の者達に日本語を教えられ日本語で躾けられている。そうして五、六歳にもなると、覚束なくは有ったが英語でも日本語でも話せるように育ち、伊之助とレイチェルの間で話を繋ぐことが出来るようになった。幼いながらも、レイカは言葉のあまり通じない母と父が、自分を中心にして睦まじく過ごすのが余程嬉しかったのか、言葉の習得に熱中した。そして七歳で尾木勘蔵について読み書きの手習いを始めると、覚えたばかりのカタカナで母親の言葉の発音をそのまま書き取り、それに自分なりに解釈している日本言葉を書き並べた。言わば自製の和英辞典を作ったのだ……伊之助が朝鮮釜山の対馬藩倭館での商売に身切りをつけ、磯竹島に浜屋敷を建て唐物を扱う商売を始めた頃には、何の支障も無くレイチェルとレイカの会話は成立するほどになっていた。そして彼女は十二歳になると勘蔵に一刀流の剣術を仕込まれ始めた。女だてらに剣術を習い始め、生来の活発さを表し始めたレイカは、或る日、話に聞く朝鮮川を見聞したいと父母に懇願した。この頃、レイカは自分が他の日本人の娘とは違う異形の女で有ることを自覚し始め、磯川筋の日本人娘達が、それとなく自分と親しむことを避けるのを敏感に感じ取っていたのだ。それには伊之助もレイチェルも薄々気付いている……娘の秘めた寂しさを慮った両親はわがままを聞き入れた。勘蔵と手代二人を伴って伝馬船で朝鮮川集落に渡ったレイカは、自分の住む対州屋浜屋敷や日本人集落との風俗や言葉の違いに驚いて好奇心を掻き立てられた。そして何度となく朝鮮人集落に通い、何人かの朝鮮人の娘達と言葉は通じないまでも親しくなった。日本人娘達にとっては異形の対州屋の娘レイカは親しみにくくあっても、朝鮮人の娘達には、どちらにせよ彼女は異国の娘なのである。姿かたちを気にする風は一切見せなかった。レイカと朝鮮人娘達は屈託なく親しんだ。そのうちレイカは朝鮮言葉で彼女達と話がしたいと思い立ち、英語を覚えた時と同じように、朝鮮娘達の言葉を音としてカタカナで書き取り、それらしい日本の言葉を書き並べ、違っていれば書き直し、カタカナで書いた言葉を並べて話し掛けた……英語に比べ、朝鮮川の娘達の使う朝鮮語は、単語の数も少なく文法も単純だった。レイカは朝鮮人娘達と二年ほども娘同士らしく睦まじく過ごすうち、普通に話が出来るようになった。娘の成長をことのほか喜んでいたレイカの母レイチェルは、三年ほど前、急に病を患い亡くなったという。

「なるほどレイカ殿は異国の言葉が二つも判るのでありますか……長州萩城下にも剣術や長刀をたし

なむ娘は居りますが、異国言葉を使う娘なぞ聞いたこともござらん」

と感心する重輔を伊之助は目を細めて見つめた後、声をひそめて続けた。

「じゃがな重輔殿、レイカはこっちの方はまるで駄目なのじゃ。店の者がいくら教えてもさっぱりじゃ」

と算盤を弾く仕草をしながら可笑しそうに笑う。重輔は、レイカは算盤が出来ないということよりも、伊之助の珍妙な言いぐさと仕草に声を立てて笑い、二人の間に何とも和らいだ空気が流れた。

するると突然伊之助が一瞬真顔をつくり、次に目を伏せて低い声で告げた。

「ところで重輔殿、抜荷の件……この対州屋伊之助、重輔殿と盟約してお手伝いいたすと決め申した。何事なりとお申し付けくだされ存分に働いて見せましょう」

重輔は伊之助の顔をまざまざと見つめた後、両手を付き深く頭を下げて言った。

「これは……対州屋殿。よくぞご決心くだされた。この下谷重輔、清風殿に成り替わり心より深く御礼申し上げまする」

「重輔殿、礼など無用じゃ、頭をお上げくだされ。実を申せば、この対州屋も内実窮迫しておりましてな。手をこまねいていれば干上がるのを待つばかり……重輔殿の申し出、ワシらにとっても願っても無いことですのじゃ」

対州屋は磯竹島に浜屋敷を構え、石見・伯耆・越前あたりの廻船問屋と組んで唐船相手の抜荷商売をして巨利を得ていたのだが、石見浜田藩の会津屋が抜荷を摘発されて厳しい処分を受けると、それまで秘かに対州屋に荷を回していた商人達は、発覚処分を恐れ一斉に手を引いた。交易を求めて唐船が寄ってきても渡す荷が無いのである。朝鮮本土で集めた朝鮮ニンジンや、磯竹島の朝鮮人の作る質の悪い串貝などで細々と繋いではきたものの、大して商売にならないまま数年の歳月が経ち、今では対州屋の金蔵は底をつき始めている。そこに長州藩の下谷重輔が抜荷の話を持ち込んだのである。対州屋としては飛びつきたい話ではあったが、話の素性を確かめなくてはならない。それが下谷重輔に逗留を勧めた理由だった。数日間の交わりで伊之助は重輔の誠実な人柄を見抜き、溢れる才気に驚嘆している。この男と組めば間違いないと判断したのだ。翌々日、弁天丸は船頭万吉と船子三人を乗せ、対州屋浜屋敷を離れ長州江崎浦を目指して出港した。船は磁石だけを頼りにひたすら南を目指す。万吉は厳重に油紙に包まれた重輔の認めた書状を携えていた。書状には、万一船が難破し誰かに見られても、決して内容が読み取れぬように、隠し文字を使って対州屋勧誘の首尾が簡潔に書かれていた。

七

弁天丸を送り出した重輔は磯竹島の探索に取り掛かる。彼を案内するのは尾木勘蔵とレイカ。供は江崎浦から連れてきた二人の若者で、一人は半十、もう一人は長介。二人共頑健で明朗溌溂とした若者で、漁師ながらも読み書きが出来るし計数にも明るい。まず重輔達は、磯竹島を海から視察するため夜明けとともに伝馬船に乗り東に漕ぎ出した。櫂は半十と長介が代わる代わる漕ぐ。桟橋を離れ、東に僅かに進み小さな岬を回り込むと幅十間程の川が流れ込み、右岸に檜皮葺きの屋根と泥壁造りの家が七、八軒ばかり密集して建っていた。左岸は狭い平地で、田圃でもあるのか稲らしい青草が植えられているのが望めた。平地に続くなだらかな丘は石組みの段々畑で、畑の尽きた辺りから上は鬱蒼とした竹林だった。

「磯川筋には、何時頃から人が住み始めたのでありますか？」

段々畑を見つめながら重輔が勘蔵に問い掛けた。

「うむ……わしも詳しいことは知らぬ。今居るのは徳川の御代が始まった頃に隠岐から渡ってきた者達の裔《すえ》らしい。じゃが元々は九州渡りの海賊共が根城にしていたらしく、昔は石や大木を組んで砦のようであったと磯川筋の者に聞いたことが有る」

磯川筋を離れ舳先を北に向けて進むと、切り立った絶壁から続く岩礁地帯や砂浜が暫く続き、磯漁でもしているのか磯川筋の者らしい人影も見える。やがて左手に深く切れ込んだ入江が現れた。入江の周りは断崖絶壁に取り囲まれていて港として使うことは出来ない。その入江と、絶壁の上に広がる森林を指さしながら勘蔵が言う。

「山で切り出した木や竹は、あの崖の上から落として入江に浮かべ、船で曳いて持ち帰るのじゃ……この島には何百年も経った太い木も大竹も、腐るほど生えている」

右手と前方に小島が見え、前方に見えていた小島の手前で船を西に向けると、左手には岩礁と砂浜に絶壁が続き幾筋かの川も見える。重輔はその景色を眺めながら一人呟いた。

「これは長門の青海島によく似ている……それにしても、船の出入りできそうな所は何処にもないな」

　重輔の独り言を聞きつけた勘蔵が教えた。

「左様、磯竹島で船の着けられるのは島の南側。朝鮮川と磯川辺りくらいのものなのじゃ」

「すると朝鮮や日本からこの島に来るとすれば、朝鮮川か磯竹川に必ず船を着けるということでありますか？」

「いや、海さえ静かなら船を寄せられる浜や岸が在るにはある。じゃが、そんな所に船を着けても、ここには道らしい道は無い。磯伝いに歩くか、岩壁をよじ登って森に分け入るしか何処にも行けんのじゃ。どうにもならん」

　レイカは勘蔵と重輔の遣り取りを船の舳先に座って黙って聞いている。彼女のときめきは、どうしようも無い程に嵩じている。嵩じた果てに、重輔に話し掛けることはおろか正面から顔を見ることも出来ずにいる。船の真ん中に座り、帳面を広げ、島の絵図や、勘蔵に教えられる事柄や、自分の目で見た景色や想いを丁寧に書き込んでいる重輔の姿を、彼女は密やかに熱い眼差しで見つめているだけだった。やがて日が西に沈みかかった頃、船は島を一巡りして朝鮮川が近づいた。

「レイカ殿……レイカ殿は朝鮮川には詳しいそうでござるな？」

　唐突に問い掛けられたレイカは、戸惑いながらも喜色を浮かべ弾かれたように答える。

「はい。何度も行ったことがございます」

「どのような者達が、どのような暮らしをしておるのか……今度連れていってくだされ」

　レイカが秘め嵩じた思いと嬉しさを隠して重輔に返事を返した。

「はい……ではは明日にでもご一緒に」

「いや。明日から三日程はこれを整理浄書して仕上げねばなりませぬ。朝鮮川にはその後で案内していただこう」

重輔は広げた帳面を指さしながら一瞬レイカに笑顔を見せたが、その後はレイカがそこに居ることさえ忘れたように朝鮮川を眺めながら考え事に没頭している。その姿をレイカから見れば、余りにも冷たく素っ気無く思える。勘蔵はレイカの秘めた恋心に既に気付いている……だが、この男も無骨一辺倒の男で、二人の間を取り持つほどの粋さは持ち合わせていない。只、オロオロと若い二人の遣り取りを黙って見ているだけだった。重輔にも淡いながら、好いた、好かれたの経験が無いわけではないが、生来その手のことに鈍感なのか、レイカの女心など微塵も気付いてはいない。

翌日から重輔は、船で巡った磯竹島の絵図面作りに取り掛かった。自分の書いた帳面や記憶を元に、半紙を四枚ばかりも糊付けして作った大きな紙に地図を書き、目測した大凡の距離を書き込み、勘蔵から聞き取った様々な事柄を記入し、重輔自身の観察と考察を書き込んだ。彼は磯竹島を巡りながら、幕府役人や朝鮮警吏の巡察に備えて兵学上の観点から、島や対州屋浜屋敷の防備警戒について緻密に観察し考察していたのだ。重輔が出来上がった絵図面をボンヤリと眺め考え事をしていると、お茶を持ってレイカがやって来た。重輔は絵図面書きに没頭していたこの数日、お茶や食事を運んでくれる彼女に笑顔を見せることも、言葉を掛けることも無かった。あまりの不愛想さと冷たさに、嫌われているとでも思ったのか、この日のレイカはよそよそしく沈んでいる。重輔の前にお茶を置いて顔を伏せたまま、何も言わず立ち去ろうとするレイカに重輔が声を掛けた。レイカの想いに反して、その声にも表情にも何の屈託も現れていない。

「レイカ殿……見てくだされ。磯竹島の絵図面おおよそ出来申した。後は朝鮮川の様子を書き込めば仕上がります。明日にでも朝鮮川を案内していただけませぬか？」

途端にレイカからよそよそしさが消え去り、娘らしく華やかで明るい表情が戻り全身を柔らかく弾ませて答える。その声は嬉しさの余りか少し上ずり震えていた。

「はい。重輔様……明日、朝鮮川にご案内いたします。父や勘蔵には私から伝えておきましょう。明日の朝餉を済ませて準備が出来たら、お迎えに上がります……明日、明日お約束ですよ」

これだけ恋に疎い娘が秘め嵩じた思いを精一杯迸らせても、鈍感な重輔にはそれが伝わらない。

「かたじけない。明日お願いいたす」

彼は嬉しそうに頬を緩めて短くそう答えただけで、後は自分の書いた絵図面に目を落とし、又も何やら考え事に没頭し始めた。一心に絵図面を睨んでいる重輔の姿に、レイカはこの男の性分が何となく判ったような気がしてきている。優しく微笑んで静かに立ち去った。

重輔達の乗った伝馬船が朝鮮川に近づくと、河口の右岸辺りの砂浜に何人かの朝鮮人達が出てきて手を振り、何事か大声で呼び掛けてきた。重輔には何を言っているのか皆目判らないが、朝鮮語の判るレイカはその呼び掛けに答えて手を振り返す。

「あの者らが何を言っておるのか、レイカ殿には判るのでありますか？」

「暫くぶりですね。早くおいでと言っております。あの人はイリと申して私の一番の仲良しです」

重輔には鳥かなんぞが、けたたましく鳴いているようにしか聞こえない異国・朝鮮の言葉を聞き分け、日本の言葉として理解するなど想像も及ばない。それが判るというレイカの異能に心底驚嘆した。

重輔達一行の船が着岸すると、五、六人の娘達がレイカ目指して駆け寄ってきた。レイカは娘達と手を取り合い、親し気に何事かを楽しそうに言い騒ぐ。重輔は娘達や粗末な家の前に屯している朝鮮人達の服装を見て不思議に思った。皆一様に巫女の着衣を卑しく緩めたような白い服を纏っていたからだが、それは李氏朝鮮の庶民は余りの貧しさに、布を染めた衣服を贖うような余裕などなかったからだった。それにしても彼らの纏っている白い服は気味悪い程垢じみ汚れ腐っているように見える。重輔は思わずレイカに問い掛けた。

「レイカ殿、この娘達の身じまい……あまりにも見苦しくありませぬか？」

レイカは柔らかな微笑みを湛えて答えた。

「ここの人達は磯川筋や対州屋浜屋敷の者達と違って、着物を洗ったり体を洗ったりは余りしません……でも、あの子達には、服や体を綺麗にするように何度も言っているので、この頃少しは着物も体も洗うようになりました」

この時代、李氏朝鮮の庶民には、風呂はおろか、毎日沐浴して体を清潔に保つような習慣も習俗も無い。余程汚れてどうにもならなくなって初めて体を濯ぐ程度だったし、衣類に至っては、年頃の若い娘ですら着た切り雀で、汚れ垢じみても気にも掛けない。ゴミや残渣《ざんさ》は投げ散らかし放題、厠や雪隠などは何処を探しても無く、老若男女の別なく催せば所かまわず垂れ流しだった。朝鮮川の人々も例外ではない。その為でもあるのか、集落全体を何とも言えない不快な異臭が覆っていた。エリカや重輔一行が朝鮮川の娘達に取り囲まれて集落の端まで来ると、食うために飼われている数匹の犬が棒杭に繋がれたまま喧しく吠えたてる。朝鮮川の岸辺でレイカと娘達は楽しそうに会話を交わす。重輔が集落の様子をそれとなく眺めていると、多くの朝鮮人達がボンヤリと地べたに座り込んでこちらを見ていた。すると突然、朝鮮人の娘達が大きな笑い声をたて嬌声を上げ騒ぐ。何事が起ったのかと訝った重輔はレイカに問い掛ける。

「レイカ殿、何事でありますか?」

重輔の問い掛けに振り向いたレイカは少し間を置いて答える。何やら頬を染めている。

「この子達が……重輔様は私の良い人だと言って囃し立てます」

レイカは娘達に「そうだ」と言いたくもあるし、重輔に「そうだと答えよ」と言って欲しかったに違いなかったが、鈍感なこの男は僅かに苦笑しただけで別のことを問い掛けた。かみ合わない二人の遣り取りを、勘蔵はハラハラして見ている。

「ここの人々はどのような暮らし向きをしておるのか知りたい……誰か教えてくれる者はおりませぬか?」

軽く頷いたレイカが朝鮮川の娘の一人に何事か話し掛けると、娘は集落に駆け戻り、暫くすると朝鮮川集落の長だというトハンという男を連れてきた。重輔はレイカの通辞で、トハンから朝鮮川の暮らし向きから産物の類いなど様々のことを聞き取った。幅十二間ほどの朝鮮川の右岸に開けた砂浜の端、海に突き出した岩礁が船着き場で、流れ着いたものを拾い上げた古びた木造船が一艘と、竹で作った筏が四つばかり繋いである。朝鮮人達は砂浜の尽きた辺りの山裾に、細い路地を挟んで密集した、草ぶき泥壁の粗末な小さな家を建てて住み、川の両岸に続く緩やかな斜面を焼き畑にして黍や陸稲を栽培していたが、その農業技術は原始的で収穫量は僅かでしかない。磯川筋の日本人達のように平地を耕し、水を引いて田圃を拓いたり、斜面を削り取り石垣を組み上げて段々畑を造ったり、雑草を根気よく間引いて、人糞や腐葉土を肥料として使うようなことはしていない。険しい山に分け入り野草の類いを採り、木の実を拾い、時には野生の鳥獣を捕らえ、磯で貝を拾い、海藻を刈り取り、蔦で編んだ粗雑な網を浅瀬に仕掛けて魚を取って不足を補っていた。トハンは、刃物の類いは集落に斧が一丁と鎌が二丁あるだけで、肉や魚を切るのは竹で作った包丁で、釣り針も釣り糸も持たず、煮炊きするのは自分達が土を焼いて作った土鍋だという。この時代の朝鮮の人々は海に潜って漁をする習俗は無い。彼らは浅瀬で採ったアワビやサザエの身を取り出し、竹串に刺して干貝を造り、朝鮮本土に運んで最低限の生活必需品と交換していた。重輔はトハンの話を聞きながら思っていた。

「何とも貧しい……とはいえもっと工夫もやりようもありそうなものだ。それにしても、このような良い天気に奴らは座り込んで何をしておるのだ。怠惰にもほどがあろう。磯川筋には、十分では無いにしても自ら拓いた田も畑も在し、鍋釜も諸道具も足りてもいる。無ければ自分達で工夫して造って間に合わせている。住屋の屋根も檜皮葺きで雨漏りはしない……あのように枯草を乗せただけでは雨を防げないだろうに……」

するとトハンが、重輔の想いに答えるように妙に真顔で言った。

「朝鮮に比べれば、ここの暮らしの方が遥かに良い」

「まさか……」重輔はレイカが聞き間違えたのかと疑い、もう一度問わせた。

「重輔様、トハンは両班《ヤンパン》も此処までは追っ掛けて年貢を取りには来ない。親子が裸で飢え死にするより、此処の暮らしの方が良いと言っています」

重輔は両班を知らない。本来、両班とは李氏朝鮮の貴族階級・高級官僚の呼称だが、トハンの言う両班とは、李氏朝鮮の統治機構そのものを指す。統治者であるべき両班は、その責任を全く放棄し、自分達の利益だけの為に暴虐非道な悪政の限りを尽くし、庶民をあたかも奴隷のように酷使し絞り上げ虐げていた。それがために李氏朝鮮では多くの庶民が僅かな飢饉で飢えに苦しみ死んだと伝えられているが、記録としてその事実は残されていない。これは李氏朝鮮の庶民は文字を知らなかったためだといわれている。

重輔はこの後三度ばかり朝鮮人集落に行き、トハンに様々なことを尋ね、磯川筋の日本人集落や対州屋の者達との違いを知る。そんな或る日の昼下がり、重輔がレイカと半十・長介に伯耆流居合の型を教えていると、竹垣の向こう側で大きな叫び声がした。レイカが走り出し、重輔に半十・長介、勘蔵がそれに続いた。竹垣の向こう側で、髪を振り乱し必死の形相で、一人の朝鮮人娘が竹垣を揺すりながらレイカに何事か訴え掛けている。レイカが顔色を変え、表情を厳しくして重輔に告げた。

「大変です。娘を攫いに両班がやって来たそうです……この子は一人、山に入って逃げてきたと言っています」

重輔はそれだけで事態を悟り、半十と長介に船の準備を命じ、長屋に駆け込んで身支度を整え、愛刀・甲斐忠光を腰に差し、船に飛び乗って刀の下緒をといて襷を掛けた。既に船には刀を携えたレイカと勘蔵が待っていた。朝鮮川の船着き場替わりの岩礁に船を着け、逸って走り出そうとする半十・長介とレイカを制しておいて、重輔が岩陰に身を隠して集落を偵察する。見ると朝鮮人達は大人も子供も跪いて座らされ、その横には三人程の男が倒れていた。両班は四人。首領は花魁《おいらん》の着るような派手な着物を纏い、ふんぞり替えって丸太に座っていた。他に抜き身の剣を下げた手下の男が三人立っている。その男達の足元には、手足を縛られた娘達が転がされていた。レイカの仲良しイリも居た。刀を抜いて飛び出そうとするレイカを目で抑え、重輔が駆け出した。他の四人もそれに続く。気付いた両班の三人が大声で何か言うが重輔は無視する。駆け寄る重輔の勢いに押されたのか、手下三人は後ずさりして首領の周りに集まった。するとと首領がもっさりと立ち上がり、三尺を遥かに超える長剣を抜いた。相撲取りのような巨漢だった。重輔は倒れている者と、縛られて転がされている娘達を交互に一瞥した後、首領と手下三人を睨みつけ、怒りの籠った腹の底から絞り出すような大声で言う。

「長州藩・下谷重輔である。お主らの狼藉許せぬ……成敗いたす」

追いついたレイカがオウム返しに朝鮮語でそれを首領に言おうとしたが「成敗」の朝鮮語が判らず「……殺す」としか伝えられない。

首領は顔面に怒りを漲らせ、大声で何事か怒鳴りながら重輔に真っ向から切りつけた。電光石火、重輔は首領の懐に飛び込み様、甲斐忠光を一閃し胸元を突き、次の瞬間には刀を引き抜いて右に跳ね飛び、もう一人を真っ向から袈裟懸けに切って捨てている。目にもとまらぬ早業……凄まじい程に冴えた身捌き剣捌きで返り血さえ浴びていない。心臓を突き抜かれた首領は、跪いた後崩れるように前に倒れ込み、袈裟に切られた男は後ろ向きにひっくり返って倒れた。二人共、倒れた時には絶命している。手下の一人は剣を投げ捨て、腰を抜かして命乞いでもするように泣き叫び、もう一人は逃げようとして勘蔵に切り倒されている。腰を抜かし命乞いをしているのは幼さの残る少年に見える。重輔はその少年の眼前で、鋭い刃音をたてて甲斐忠光を一閃させ、血ぶるいをして静かに刀身を鞘に納めて言う。

「レイカ殿。この者、あの三人に手を掛けたかどうか、聞いてくれぬか」

恐怖の余り茫然としている朝鮮人達にレイカが問い掛けると、皆が首を横に振る。重輔は半十に命じて少年を縛り上げさせた。長介は倒れている三人の息と脈を診た。レイカは、縛られ転がされていた朝鮮人の娘達の縄を切ってやる。助けられた娘達は涙で顔をグチャグチャにしながらレイカに取りすがって泣き叫び、それに娘達の親や身内が加わり喧しいほどだった。

「重輔様、この者まだ息がありますぞ。傷は急所を外れております」

長介が大声を上げた。すぐに重輔と勘蔵が駆け寄ると、若い男が背中から臀部にかけて二筋切られ、左の指が二本切り落とされている。意識は無いが、確かに息があるし脈もしっかりしている。

「重輔殿。直ぐに浜屋敷に連れていき申そう。屋敷には医術の心得の在る者もおるし、金創薬《きんそうやく》もある……長介に半十、こやつを船に乗せてくれ……急げ」

切られた若者を伝馬船に乗せ対州屋浜屋敷に向かわせた後、重輔はトハンに問うた。

「この者、朝鮮の両班と申したのか？」

「その男は朝鮮王の書付を見せた。両班に違いない……わしらは両班に皆殺しにされる。皆殺しになるくらいなら、娘を差し出して貢物を取られた方が良かった」

トハンは強烈な恐怖と怯えを体中に表し、震えながらこう訴えた。トハンの信じ込んでいるように、もし今重輔が切り殺した男が正式な李氏朝鮮の巡察使か警吏だとすると、島は朝鮮の支配が及んでいることになり、密貿易の拠点として使うのは難しい。だが重輔は、この島は、李氏朝鮮が空島政策と称して領有権を主張しながらも統治を放棄していることや、清国の属国に過ぎない李氏朝鮮に、本土から遠く離れた離島を支配する能力も実力も無いことを知っている。彼はトハンに朝鮮王の書付を見せるように命じた。トハンは切り殺された自称両班の懐から血に染まった書付を取り出し、恐る恐る重輔に渡す。書付を一瞥した重輔は思わず声をあげて笑った。重輔が笑うのも無理はない。その書付は、清国の商人の間で交わされた借用証書の類いだったのだ。重輔に成敗された男達は、朝鮮の庶民が字の読めないことに付け込み、漢字で書かれ朱印の押された借用書を示し、朝鮮王から派遣された両班であると詐称して、娘を攫い物産を奪い取ろうとして磯竹島にやって来た、盗賊の類いに過ぎなかったのだ。重輔はそれをレイカに教え、レイカはトハンに伝えた。それを知って恐怖を忘れた朝鮮人達の多くが、群がって棒切れを手に、既に骸になって倒れている盗賊を打ち、中には死骸から衣服を剥ぎ取ろうと争う者もいる。余りに無様で卑しい行いに重輔が眉をひそめ怒声を上げた。

「やめい。死人にそのようなことをするものでは無い。恥を知れ」

レイカが朝鮮語でそれを言うまでも無く、朝鮮人達は、今人二人を切り殺したばかりの人殺しの大声に、怯え恐れて一斉に逃げ散った。彼らには人殺しの日本人が、自分達の行いを咎める理由が判らなかった。日本人が死人の衣服を独り占めしようとしていると思った者さえ居たのだ。重輔はトハンに盗賊三人と朝鮮川の二人を葬るように命じた。トハンには日本の侍の想いや道理など理解出来なかったが、重輔は恐ろしい。黙って従った。

この出来事を境に、レイカの重輔に対する振る舞いが変わった。彼女はあの日、重輔という長州人の底の底まで解った気になっていたし、日本の侍とはどのようなものかも理解出来た気がしている。

これまでのように自分の恋心を秘め隠すことを止めて、言葉に出さないまでも自分の気持ちに素直に従って重輔に接すれば、必ず重輔はその気持ちを分かってくれると思い定めたのだ。レイカの微妙な変化に、重輔も引き込まれるように心が動いた。だが彼は長州の苦境を救うために浪人してまで遠い離れ島に来ているのだ、レイカへの想いを露わにすることは憚られる。厳しく自分を律してレイカに接してはいたが、恋情が滾り漏れ溢れているのは傍目にも分かった。勘蔵は喜びを隠し静かに見守っている。しかし伊之助の胸中は複雑だった。まず身上を思った。今は浪人しているとはいえ、重輔は長州藩上士の出だった。役儀を果たせば藩に帰参するだろう……とても幕府お訊ね者の商人の娘など釣り合う筈が無いと思った。それに何より、レイカは半分異人の血が入っていて一目でそれと分かる異形だった。鎖国している日本国・長州には入れない。伊之助が対馬を捨て磯竹島に渡り抜荷に手を染めたのは、釜山での商売に限界を感じただけでなく、日本の対馬に戻るには、妻のレイチェルと娘のレイカを捨てなければならなかったからだった。重輔が島を去る日がくればどうなるであろう……そうは思いながらも、レイカと重輔が睦まじくしている姿が嬉しくもある。九月も十日を過ぎた頃、弁天丸が磯竹島にやって来た。対州屋と抜荷の手筈を申し合わせ、島の様子を綿密に探索した重輔は、この船で長州藩・長門国江崎浦に戻ることになっている。佐之助はレイカの心情を想い不憫さに心を痛めたが、当のレイカは取り乱すことも嘆くこともせず毅然としている。理由がある。迎えが来る日の近づいた或る日、重輔と交わした言葉を、彼女は固く信じ一切の疑いも不安も持っていないのだ。

「有難うござった。レイカ殿のおかげで役儀をやりおおせました。十月晦日までには一度江崎浦に戻り、同心する者達と計って今後の策を立てねばなりませぬ。しかし来年春には必ず磯竹島に参ります……そのとき……」

レイカは重輔にそれ以上言わせず、重輔を真正面から見つめ優しく微笑んで静かに言った。

「判りました。私はここで重輔様のお帰りを、いつまでもお待ち申しております」

重輔が磯竹島を去る日、伊之助と勘蔵。それに薄い桃色の小袖に、赤い帯を締めたレイカが出て見送った。レイカが重輔の前で和装した姿を見せたのは初めてのことだった。重輔が半十と長介を伴い、見送る三人に深く礼を言って弁天丸に向かって歩き始めると、勘蔵が半十と長介に目で合図した。勘蔵の意を察した二人は足早に重輔から離れて弁天丸に飛び込む。勘蔵がレイカに重輔に寄り添うように促し、僅かな距離では有ったが二人は寄り添って無言で歩いた。船に乗るとき重輔は短く一声「参る」とだけレイカに言い残し磯竹島を去った。

八

重輔を乗せた弁天丸は磁石を頼りに一路南下し、長州藩領長門国の山々が望めるところまで来ると、山見しながら磯竹島出港四日目の正午前に江崎浦に戻り着き、船を下りた重輔はその足で中本幸兵衛宅に入った。既に大和屋喜八は摂津・大坂で抜荷を買い取る商人達と連絡を付け江崎浦に戻っている。幸兵衛は直ぐに人を走らせ兵庫屋謙介を呼び寄せた。彼らはその日から二日に渡って幸兵衛の屋敷に籠り、夫々の与えられた役儀の首尾を皆に披露した。謙介は、五百石船は船体の建造を終え江崎浦に回航出来る準備が整い、船着き場を造り、幅三間縦十間の二階建ての倉庫を普請中だとまず言った。江崎湾最深部の東岸に、山に取り囲まれて深く切れ込んだ小さな入江が在り、口を塞ぐように岩だらけの小島がひとつ浮かんでいる。関ケ原で敗れた毛利氏が、周防長門二か国に押し込められた後、藩境警備のために秘かに置かれた守備隊（熨斗の内の祖先達）が、この入江に軍船を隠していたと伝えられ、江崎浦の浦人はこの入江を船隠しと呼んでいた。謙介はこの入江に新たに船着き場を造り、取り囲む山の一部を削り、海を埋めて平地にし、そこに倉庫を建てている。倉庫が出来上がれば、二方向を山に囲まれ一方は倉庫で塞がれ、前面の海は小島で遮られて容易には他見できなくなる。更には船隠しを取り囲む尻高山の頂上に見張り番所も設けたという。兵庫屋から五百石船の建造を請け負った須佐の船大工恵比寿屋徳三は、「外洋で時化に遭遇しても難破しない頑強な船が欲しい」という要求に答え、長門一の名船大工と呼ばれるにふさわしく、各所に工夫の凝らされた船を造り上げていた。船長九十七尺・船幅二十二尺、帆は二十七寸・二十一反の起倒式で補助帆が二つ。十本の艪で漕ぐこともでき伝馬船も搭載できる。さらにこの船は当時の和船には珍しく、船体を四つに仕切る隔壁を設け、外洋航海に耐えられるように船の強度が上げられている。乗員は十二、三人とされていた。謙介は五百石船の船頭や船子達も既に目鼻を付けているという。

謙介に続き、幸兵衛が清風とともに秘密裡に講じている策を披露した。藩庁は馬関産物会所多忙を理由に、江崎浦産物会所に詰めていた藩士二人を馬関応援に赴かせたうえで、その後の江崎浦産物会所の取り締まりを浦庄屋の中本幸兵衛に委託した。江崎浦産物会所には地役人が二人と、お雇いの町人が二人詰めていたが、人格者で浦人に慕われている江崎浦庄屋・中本幸兵衛に頭は上がらない。江崎浦産物会所は彼の思う儘に動くことになる。一方、清風は江戸・大坂相場の変動に迅速に対応する為であるとして、藩御用の物品を運搬する廻船に長州藩御用早舟免許を交付すると布告した。この免許を持つ船は、長州藩・産物会所が積み荷を検察したことを保障するので、無用な足止めをしないようにと、領内は勿論として瀬戸内筋や北前筋の各藩各浦に通知嘆願し、諸藩はこれをすぐに受け入れた。その理由は、どの藩も、自領内で荷改めなどの面倒な仕事はやりたくは無いのだが、抜荷や横荷を厳しく取り締まる幕府に配慮して、形式的に渋々やっているというのが実情だった。長州が藩の免許を持つ船については全面的に責任を持つというのだ。面倒が一つ減るのに拒否する理由は無かった。これで長州船が抜荷を積んでいても、寄港した際に他藩の荷改めや巡察を受ける危険は避けられる。

「それに……清風殿は領内宰判や、ご家中給地の百姓を督励援助して煙草、樟脳、蝋、紙の増産を進めておられる。二、三年もすれば裏筋から相当な量が我らに渡る手筈、長登の銅も盛んに掘り始めているし、富海や長府の刀鍛冶も毛利宗家御入用を名目に、藩庁から尻を叩かれて一生懸命打っている」

謙介が問い掛けた。

「懸案の俵物はいかがなりましょう……清風殿に何か手がございましょうか？」

「うむ……それが難しい。清風殿は俵物に欲を出して幕府に疑われてしまえば、このたびの件、水泡に帰すると言われておった。領内で増えた分は我らに回るよう手は打ってあるが、度重なる洪水で流れた泥で磯が荒れてしもうて、近頃は中々大きなアワビは少ないそうじゃし、ナマコも減っておるらしい。当てには出来まい」

謙介は大和屋喜八から聞いた大坂での物産相場や、唐物の仕入れ相場、売り相場、更には江崎浦の廻船問屋から聞き込んだ様々な話を総合して、彼なりに抜荷で上がる利の目論見を様々な見立てで弾き出し、高値で買い集めなければならない他藩産物や、限られた量の藩内物産の他に、値が張り利幅の大きい俵物、特に干しアワビとイリナマコがどうしても必要だと考えていた。謙介の調べによると、領内の浦々で産する干しアワビやイリナマコは、一斤（６００g）あたり、銀五分五厘から六分で地場の海産物問屋が有無を言わさず買い集め、それを長崎会所御用の大坂や博多の大商人が、幕府御用を振りかざして一斤を銀七分程に買い叩いて、長崎会所に斤・銀一匁五分で納め、幕府長崎会所は唐船に俵物一斤につき、銀三匁五分から四匁で売り捌いている。幕府も御用商人も権力を嵩に着て暴利を貪っているといえるだろう。謙介は長州領内の浦々から、干しアワビやイリナマコを今の二倍程度で買い上げ直接唐船に売れば、藩は莫大な利益を上げられるし、領内浦々の暮らし向きも良くなると考えている。ちなみに蝦夷の昆布は、一斤を銀二分五厘程でしか唐船は買わない。いかにこの当時、干しアワビやイリナマコの価値が高かったか判るであろう。しかし、幕府御用商人達は、日本中の俵物の流通をがんじがらめに独占して付け入る隙が無い。清風はそこに手を突っ込めば、抜荷発覚の危険があるというのだ。謙介は萩で清風に面談した時「謙介。長州を変えるには金が要る。抜荷で年五百貫（八千三百両）ほども銀を稼いでくれぬかと」と言われ「承知いたしました」と答え江崎浦にやって来たのだ。律儀な謙介は、あくまで清風との約束を果たすべく知恵の限りを絞ってはいたが、俵物の手当てが難しいとなると、どう計算しても、年に銀五百貫もの莫大な利を上げるのは絶望的だと思われた。肩を落とす謙介の背中を叩きながら励ますように大和屋喜八が話を引き取る。

「蝦夷の昆布に輪島の塗り物、有田の焼き物……これらを手に入れる算段は付き申した。唐渡りの荷を捌く大坂の商人や、問屋筋の大店にも話を通して参った。謙介殿……そう気を落とさずとも荷は揃う。お主の思案と才覚で巧みに仕組を創れば、それなりの利は上がる筈じゃ」

「謙介殿、喜八殿の申される通りじゃ……それよりも、重輔殿の話を聞こうではありませぬか。重輔殿、対州屋殿とはどのような議をなされた」

幸兵衛に促された重輔は「拙者……磯竹島の対州屋伊之助殿は、全く信用出来るお方であると見ました」と前置きして磯竹島の絵図面を見せ、磯竹島の地形風土の大凡を説明し、続いて島には対州屋の者共の他に、隠岐から渡ってきた日本人の裔と、朝鮮本土を逃がれた朝鮮人が住んでいること。朝鮮人と日本人の違い。そして耕地は僅かで松・檜・杉・椚や大竹が繁茂し、海ではアワビ・サザエ・海藻類・イカ・サバなどが豊富に取れることなどを話した上で、「島商禄」と表紙書きされた冊子を取り出し本題に入った。この冊子には、重輔が対州屋から聞き出した抜荷の要領が細かく記されていた。唐船や南蛮船が欲しがるのは、フカヒレ・イリナマコ・干しアワビの俵物三品や、干しスルメ。銅板・銅銭・日本刀・樟脳・煙草葉・有田の焼き物・輪島の塗り物・蝦夷の昆布・醤油などで、異人が持ち込むのは、南蛮薬種に唐薬種・ギヤマン・象牙・サンゴ・黒檀・紫檀・香木・羅紗に縮緬・毛織物・鼈甲《べっこう》・南蛮雑貨や機械時計に単筒……朝鮮ニンジンは朝鮮半島北部・白東山麓の朝鮮人達が、李氏朝鮮の官吏の目を逃れ巧みに隠し持つ極上品を対州屋が直接入手できるが、彼らは朝鮮通貨や銀貨での取引を拒み、米・塩との交換を求めること。対州屋は、荷さえ揃えば朝鮮釜山経由で上海の商人と連絡を付ける道筋をもっていること。取引は上海相場を基準にして、日本通貨の銀（銀品位天保丁銀）で品物の売買値を決め、相対で物々交換して過不足分は銀で清算するのが仕来りになっており、対州屋には唐物や日本産品の目利きにたけ、相場を心得た者が何人も居ること。唐船や南蛮船が磯竹島に来航するのは年二回で、概ね六月と十一月であること……等々。

冊子に目を落としながら喜八が呟く。

「なるほど、我らが荷を揃え、磯竹島に渡れば唐物は手に入る……そうでござるな」

「左様……対州屋殿の申される唐物。捌いて利を上げることが出来そうでありますか」

喜八は満足げに冊子を振りながら、笑みをこぼして答える。

「おうおう……流石に抜荷で幕府お尋ね者になられたお方じゃ、よう心得てござる。重輔殿、これらの品々、大坂辺りの大店に持ち込めば右から左に高値で捌けますぞ」

翌日夕刻、謙介は兵庫屋の奥座敷にぼんやりと座っていた。目覚めてから重輔の書いた「島商禄」を暗記する程読み返し、具体的な抜荷の仕組を思案していたのだ。だが幾ら考えても、俵物抜きでは年に銀五百貫もの利は上げられる見込みは立たなかった。その時、奥座敷にお登勢がやって来て謙介に声を掛けた。

「お前様。あれはどうしますか？　今夜は雨が降りそうですよ。取り込みますか」

「うむ……雨に当ててはまずかろう。取り込んで風通しの……」

謙介はそこまで答えて突然立ち上がり、興奮を抑えきれない表情でお登勢に命じた。

「お登勢。大急ぎで誰か中本殿の所に使いを走らせてくれ……下谷を、重輔を直ぐに連れてこさせてくれ」

お登勢は謙介の様子の変化に驚きながらも手代にそれを命じ、手代は直ぐに駆けだした。

やって来た重輔に、謙介は竹籠に並べられた物を見せた。

「重輔見てくれ……干しアワビじゃ。どうじゃ、これを磯竹島で造れぬか？」

重輔は普段沈着冷静で物静かな謙介の異常な昂ぶりに驚き訝しんだが、謙介の言っていることがよく判らない。第一、重輔は干しアワビやイリナマコなどという物は、これまで見たことも無かったのだ。

「謙介、落ち着け。一体何のことやら俺には判らん。落ち着いて説明しろ」

興奮を抑え落ち着きを取り戻した謙介は、たった今自分が思いついたことを話した。須佐・尾浦で干しアワビの製造法を見聞し冊子に纏めた謙介は、それだけでは飽き足らず、生きた大アワビを十枚ばかりも買い求め、冊子の手順に従ってお登勢と二人で試しに干しアワビを造っていたのだ。釜で煮た後、ひと月ばかりも日干ししたアワビを、特別に作らせた平たい土鍋に竹簾を敷いて煎り付けた後、毎日陰干ししていたのだ。素人ながら、謙介が試しに造った干しアワビは形よく綺麗な飴色に仕上がっている。須佐尾浦の者に見せると、これなら、ひと冬北風に曝せば上物に仕上がると太鼓判を押してくれていた。謙介は干しアワビを磯竹島で造れないかと思いたったのだ。

「重輔。お主の島商禄に依れば、磯竹島には人も居るし、竹木も繁茂しているそうじゃな。それにアワビも多いと書いてある……人と薪とアワビ。それが揃えば干しアワビは出来る。

この通りにやれば出来る筈じゃ……見ろ、これが俺の造った干しアワビじゃ」

重輔は謙介の差し出した干しアワビと、干しアワビの製造法が記された冊子を手に取り、仔細に眺め読みながら、磯竹島のアワビ事情を語った。彼は士《さむらい》の芸の一つとして、十歳になった頃から厳しく泳ぎや潜りを叩き込まれている。暑さ凌ぎに、磯竹島の磯で半十や長介と遊んだ折、一間ほども潜ると、其処ら中の岩に数えきれない程のアワビが張り付いているのに驚き、三人で競い合って何十枚かの大アワビを採り、自慢げに対州屋浜屋敷にそれを持ち帰った。しかし対州屋の者は誰も喜ばない。レイカに聞くと、島ではわざわざ海に潜ってアワビを採らなくても、日が暮れてそこらの岩礁を歩けば、大きなサザエが幾らでも拾える。サザエもアワビも似たような物で、面倒なアワビなど誰も採らないという。それを聞いた謙介は喜色を溢れさせた。

「それ程にアワビがおるのなら、それを我等で干しアワビにして、唐人に売れば良いと思わぬか。度重なる洪水で磯が荒れて、御領内でもアワビが少のうなっていると聞く。お主の言うように、磯竹島のアワビを誰も採っておらぬなら……幾らでも採れる筈じゃ。磯竹島の者共に干しアワビを造らせれば良いではないか」

「おう……それは面白い考えじゃ。しかし謙介、その書物を読むだけでそう簡単に干しアワビなど出来るのか？」

「出来る。これを見よ……お登勢も俺も素人じゃ。それでも出来ておる」

重輔は磯竹島の人々に思いを巡らせた。磯川筋や対州屋浜屋敷の日本人達なら、理と利を説けばアワビも採るであろうし、干しアワビも立派に造るだろう。しかしあの怠惰さを考えれば朝鮮川の朝鮮人達は使えぬと思った。だがレイカが居る。朝鮮川に通じた彼女が居れば、彼らでも何とか使えるかも知れないとも思った。そう思うと重輔に一つの構図が浮かんだ。

「謙介。お主の言う通りなら、磯竹島で干しアワビを産することが出来るやも知れぬ……それで、お主、イリナマコの造り方は知らぬのか？」

「イリナマコの造り方……時節でないので未だ作ったことは無いが、造り方は聞き知って纏めてある。ほらこれがイリナマコの造り方じゃ」

謙介は須佐尾浦で聞き取り調べ上げたイリナマコの製造方法を纏め書き留めた冊子を重輔に渡す。冊子を丁寧に読み込んでいた重輔が謙介に言う。対州屋の者達に聞いた話では、冬になると磯竹島の磯にも浜にも気味悪い程のナマコが湧くが、彼らはナマコを採って食おうなどとは思わない。ナマコを食うには、酢か柑橘類が必要だが、島にはそのような物は無い。生のナマコなど煮ても焼いても美味いものでは無いのだ。幾ら居ようと誰も採ろうとはしなかった。それを採って、イリナマコが造れないかと謙介に問い掛けたのだ。

「磯竹島にはアワビだけでなくナマコまでそんなに居るのか……よし重輔、磯竹島で干しアワビとイリナマコを産ずる仕組を考えようではないか。俺の見立てでは、俵物抜きで藩を立て直す程の利を上げるのは、なかなかに難しい。我らの手で俵物を造れれば見込みが立つかも知れぬ」

その日二人は夜を徹して語り合った。

翌日、重輔と謙介は須佐尾浦の浜小屋を尋ねた。重輔は、その日から十日ほども須佐・尾浦の浜小屋に寝起きして、干しアワビを造る設備や道具類に俵詰めに必要な資材を調べ、ナマコの漁法や仕掛け、更にはイリナマコ造りに要する物品の類いを綿密に見聞した。謙介は重輔が調べ上げ連絡してくる漁具や諸道具の手配購入の段取りをつけていく。俵・ムシロ・わら縄は奥阿武小川村から。桁網・刺し網・釣り針・釣り糸は萩城下の魚具問屋から。径三尺五寸、深さ二尺二寸の鉄鍋は馬関の荒物問屋。樽、桶は奥阿武徳佐の桶屋から。アワビ起こしの金物や、ナマコを裂く包丁は江崎浦の鍛冶屋から……これらは船隠しに新築された兵庫屋の倉庫に次々と運び込まれ、醤油・味噌・酒・塩・ろうそく等の日用品も集められた。その他、重輔が見繕った、かすがいや、釘に大工道具、雑貨類も揃えられた。遠い離島で、謙介の干しアワビとイリナマコの製造法が書かれた冊子を元に俵物を造ると知ったお登勢は、驚きながらも謙介に言った。

「お前様……お武家様相手ならいざ知らず、漢字だらけのこの冊子は町人や漁師にはちと難しすぎますよ。もっとカナかカタカナで易しく書いて、草紙のように絵なども入れた方が良いのではありませぬか？」

謙介の著した冊子は漢文風に書かれている。漢籍に明るい謙介や重輔なら読み下して理解できても、手習いで字を習った程度の町人や漁師には、読めもしないし判らないとお登勢は言うのだ。もっともなことだった。直ぐに謙介はカタカナと絵図を使って冊子を書き直し、お登勢に見せると、彼女は童女のような明るい笑顔で答えた。

「これなら大丈夫。私だけでも干しアワビが出来そうに思えます」

謙介と重輔の企てを知らされた幸兵衛と喜八は、若い二人の奇策に驚きを見せながらも諸手を挙げて賛同する。幸兵衛は萩城下に出向き、秘かに清風の役宅を訪れ事の次第を報告した。

「磯竹島で俵物を産するとな……思いもせなんだが面白いではないか。存分にやるが良かろう。重輔も謙介も、なかなかにやりおるではないか」

「流石に、村田様の見込まれたお二人。かねてから謙介殿は俵物を扱わねば任を果たせぬと申されて苦慮されておったのでございますが……手に入らねば自分達で造ってやろうなどとは、いやはや我等には思いも寄らぬこと」

「うむ。長州には俊英を誇り謳われる若者は数多いが、あの二人のように学・才・気を揃えて持っておる者は少ないのじゃ。学高けれど気無し、才あれど学なし、気あれど学才無しでな……ところで幸兵衛殿、明日のこの刻限にもう一度来てはくれまいか。引き合わせておきたい者がおる」

翌日、幸兵衛が清風の役宅を尋ねると、清風が一人の青年と待っていた。

「幸兵衛殿、この者、長井与之助と申す。お殿様の小姓を務めておったのを、ワシが願って預かっておる。重輔とは明倫館の同学じゃ」

長井与之助は居住まいを正し一分の隙も無い容儀で頭を下げた。謹直さが滲み出ている。

「与之助には、この度の件、包み隠さず教えてある。もしこの清風の身に何事か起これば、この男を頼まれよ」

「何と清風殿。縁起でも無いことを申されるな。貴方様にはこの先も、我らを引き回していただかねばなりませせぬぞ」

色を成す幸兵衛に、清風は珍しく気弱な笑顔を浮かべて答える。

「そう申すな。ワシも歳じゃ。いつ何時、何事が起こるやも知れぬ。心配せずともこの与之助という男は並外れた切れ者じゃ。すべてを心得ておるし、こう見えてワシ以上のオウドウモノ……心配は要らぬ」

幸兵衛が改めて与之助に目をやると、彼はいかにも精悍利発そうな顔から僅かに謹直さを消し、不敵とも見える笑顔を見せた。

十二月中旬、兵庫屋の五百石船は江崎港に回航されて船隠しに繋がれ、集められた品々が積まれて出港準備を整えた。船頭は磯竹島と江崎浦を二往復した経験を持つ万吉。船子十二人は、兵庫屋や熨斗の内ゆかりの廻船問屋や網元から集められた身元の確かな者ばかりで、既に「兵介丸」と命名された五百石船に乗り込んで操船の訓練を終えている。島に渡るのは重輔を頭に半十に長介。それに乙吉という右腕の不自由な五十程の男。この男は、毎年夏、江崎浦でアワビ漁にやって来る筑前鐘崎の者だった。しかし人の女房に手を出したのが露見し、右腕を叩き折られて江崎浦に置き去りにされた。江崎浦の漁師達がこれを哀れんで様々な雑用に使って養っていたのだが、元々が鐘崎衆だけにイリナマコや干しアワビの製造法を熟知していた。それをお登勢から聞き知った謙介が磯竹島行きを誘ったのだ。謙介は「兵介丸」出港の日、重輔に「これをレイカ様に……」と風呂敷包みを渡した。それは謙介から重輔の想い人・レイカのことを聞かされたお登勢が、背高く、肌白く、髪栗色で鼻高いと聞く、見知らぬ異形の女を想像しながら、小袖に帯、かんざしに足袋などを揃えて謙介に託したものだった。はにかみながら風呂敷包みを受け取った重輔は、謙介にではなく、お登勢に両手で拝むような仕草を見せた後、頭を下げた。女心に疎い重輔には、レイカに土産をなどと思い至りもしないことだったのだ。十二月二十六日、兵介丸は浪荒い日本海に磯竹島を目指して出港した。

九

兵介丸が、波頭渦巻く冬の日本海を真北に進路を取り、磯竹島に辿り着いたのは天保十一年（１８４０年）十二月の大晦日だった。この日、太陽は出ていない。雲が低くたなびき島を覆っている。寒風に曝され舳先に仁王立ちして島を見ていた重輔から、兵介丸に気付いた対州屋の者達が桟橋に出ているのが望めた。ところが、いくら目を凝らしてもレイカらしい人影は見えない。やがて人の顔が見える程になっても彼女の姿はそこに無い。桟橋に出ている人々の中に勘蔵の姿を見つけた重輔は大声で呼び掛ける。

「勘蔵殿……重輔でござる。下谷重輔、戻って参り申した」

「おう……おう。重輔殿。よう戻られた。赤い船印の船が寄ってきたと聞いて、直ぐに重輔殿の船と判り申しました」

重輔は磯竹島を去る時、次に来るときは船の帆先に赤い船印を掲げて参ると、対州屋の者達と言い交わしていた。約束に違わず、幅二尺、長さ二間半の赤い布を島影が見え始めると帆柱に揚げさせていたのだ。勘蔵と連れ立って浜屋敷に向かいながら、重輔は何度も「レイカは何処に？」と問い掛けたかったが、侍らしく痩せ我慢を通す。すると勘蔵が重輔の胸中を察したかのように唐突に言った。

「レイカは磯川筋に行っております。先ほど店の者を迎えに出し申した……重輔殿が戻られたと知れば、大喜びで直ぐに戻って参るじゃろう」

磯川筋の者達は毎年暮れになると、大魚に大根や青物の漬物などを歳暮として対州屋に持ってくる。対州屋はその返礼に餅を送る習わしが出来ていた。レイカはそれを持って磯川筋に行っているというのだ。対州屋浜屋敷に入ると、伊之助が上座を開け下座に座って待っていた。重輔は黙って上座に座る。伊之助が如何にも嬉しそうに相好を崩して言った。

「重輔殿。ようお戻りくださった。春になるであろうと思っておりましたに嬉しい限り。この伊之助もレイカも、首が伸びる思いでお待ちしておりましたぞ」

重輔は再会の辞儀もそこそこに、謙介と練り固めた磯竹島での俵物製造の思い付きを伊之助と勘蔵に語った。暫く考える素振りを見せた後、伊之助が問うた。

「なるほど面白い、しかし……アワビやナマコは磯に腐るほどおりますが、俵物にするにも道具も無ければ造り方も判りませぬ。どのようにして？」

重輔は兵介丸に積み込んである道具類の目録と、干しアワビとイリナマコの製造法の書かれた草紙風の冊子を取り出して伊之助に手渡し、同行してきた筑前鐘崎の元漁師・乙吉のことを話した。冊子に目を落とし丹念に読み込んでいた伊之助が表情を輝かせて言う。

「重輔殿……これは。これで干しアワビも、イリナマコも出来るので在りましょうか？　これで出来るのなら何とでもなります。諸道具揃っているのなら、早速に段取りを付けましょう」

「しかし重輔殿。干しアワビやイリナマコの造り方、よくも判り申したな。ワシも対馬で何度か浦人に尋ねてみたことが有るのじゃが、あいつらは、先祖代々の秘伝とか申して教えてはくれなんだ。じゃがこれを読むとさほどでも無い。ワシでも出来そうじゃ」

既に干しアワビやイリナマコを自分の手で造り上げたかのように面白そうに言う勘蔵に、重輔は西尾謙介の妻女兵庫屋お登勢と須佐尾浦の関わりを話した。

座がやや砕け、三人が談笑していると、ドタドタと大きな足音が屋敷にとどろき、行き成り板戸が開き、黒い衣装を纏ったレイカが飛び込んできた。余りの行儀の悪さに、伊之助は叱り付けようとしたが、娘の勢いに気を呑まれ何も言えない。余程急いで走り戻ったのか、大きく息を弾ませ髪も乱れて顔の半分を覆っている。レイカは息が切れて直ぐには声を出せないまま端正に座り直し、三つ指をついて深く頭を下げて切れ切れに言った。

「重輔様……お帰りなさいませ……お待ちしておりました」

「うむ。約束通り戻って参った。変わりなく元気な様子で安心いたした」

重輔とレイカはお互いに見つめ合う。レイカの目は再会の嬉しさに僅かに潤んでいる。そんな二人の様子に、勘蔵は伊之助の袖を引っ張り目で合図を送った。意を悟った伊之助は二人の様子に気付かない風を殊更装い勘蔵に命じた。

「勘蔵。今宵は大晦日、明日はめでたい正月じゃ。店の者達と長州の客人で宴など開こうではないか。手代も女子供も皆一緒じゃ。準備をしてくれぬか」

勘蔵の何やら嬉し気な後ろ姿を見送った後、伊之助は重輔とレイカに声を掛けた。

「重輔殿。先ほどの話、続きは正月三が日が明けてからにいたしましょう。レイカ、何を座っておる。重輔殿は遠路お疲れじゃ……風呂など進めて篤くご接待いたせ」

レイカは準備の為に立ち上がった。その後ろ姿が弾むようで華やいで見える。

「重輔殿。今宵はこの長屋でゆっくりされよ。ワシらはお供の方々と向かいの長屋で酒でも飲んで、一緒に年を越しましょうほどに……この先、仲よういたさねばならぬのでな」

「ならば自分も」と言う重輔に伊之助は頭を振って「それでは、お供の者も店の者も遠慮する」来るなと言う。ここまで言われても重輔には伊之助の意中が判らない。

「後はレイカが心得ておる筈……ワシはここらで」

風呂の支度を整えたレイカが戻ってくると、重輔は、お登勢の用意してくれた土産物を渡した。風呂軌包みを開き、お登勢心尽くしの小袖やかんざしを手に、素直に喜びを全身で表し小娘のように喜ぶ彼女に、重輔は「何と可愛いことよ……」と心の底から思った。重輔が湯を使い船旅の垢を落として部屋に戻ると、レイカは貰ったばかりの小袖や、かんざしに白足袋を身に付け待っていた。紫の小袖も、淡い肌色の帯も、赤サンゴのかんざしも、レイカの栗色の髪と白い肌に見事に調和して美しい。夕餉の膳と酒も用意されている。重輔は和装のレイカに勧められるまま、飯を食い、酒を飲んだ。レイカは酒で顔を赤くした重輔に、隣部屋に伸べられた床に入るように勧めておいて、夕餉の膳を提げて部屋を出ていく。重輔が床に入ると、遠くで対州屋の者と江崎浦の者達が賑やかに騒いでいるのが聞こえた。彼はボンヤリとそれを聞いていた。するとレイカが戻ってきた。小袖を着替え、淡い桃色をした寝間着姿だった。驚いて飛び起きた重輔に、上気して頬を赤く染めながらレイカが恥ずかしそうに言った。

「寒うございます……」

思わず重輔はレイカの腕を取り黙って抱きしめる。寒いと言いながらもレイカの体は熱く燃えていた。レイカは恋い焦がれた男に抱かれる喜びに包まれ、重輔は想いを溢れさせて女を抱いて漠然と思った。「俺は一生、この女と生きることになるのだろう」と……翌日、目覚めたレイカは重輔を誘った。薄暗い夜明け前に浜屋敷を出て、屋敷裏に拓かれた段々畑を登り、登り切った所に在る大岩に二人並んで東を望んだ。薄く明けた東の空は見事に晴れ渡り水平線がくっきりと浮かび上がっていた。やがて見事な初日が昇り、二人は身を寄せ合ってそれを見た。毎年元旦の朝、対州屋では店の者が一同に会し、主人の伊之助が年賀を述べて御屠蘇を頂く習わしがある。重輔とレイカが浜屋敷に戻ると、既にその準備が整えられ皆が集まっていた。例年と違うのは、伊之助の座るはずの上座には座布団だけが置かれ、伊之助は一段下がって座っていたことだった。勘蔵が重輔を促して上座に座らせる。するとレイカは躊躇うことなく重輔に並んで座った。そのことで、伊之助も勘蔵も店の者達も、昨夜の二人の事情を察した。

正月三が日が明けると、対州屋の者と兵介丸の者達総出で、兵介丸の積み荷を降ろし対州屋浜屋敷に運び込んだ。兵介丸には謙介の集めた物資とともに、米百石が積まれていた。米は江崎浦からやって来た三人の食い扶持と、朝鮮ニンジンとの交換用に使うもの、俵物造りを加勢してくれる者達に人工費として支払う為の物だった。謙介の目論見では、潜り漁をする者には一日四合、網漁に出る者は一日三合。浜で働く男が二合五杓・老人や女には一合五杓とし、子供は一合としていた。少ないように思えるが、夫婦と子供か老人が一人働けば少なくとも日に五合程の米になる。当時としては悪い話では無いだろう。対州屋の利得は、集めた朝鮮ニンジンの売り高から交換用の米の代金を差し引いた残りの四割と、唐船と交易して上がった利の五分を口銭として、銀で清算することに決められた。伊之助は正月の間に磯川筋に出向き、主だった者達に重輔の企てを話し賛同を取り付けている。磯川筋で産する米は僅かで慢性的に不足している。現金収入の術の無い彼らは対州屋のように米を買い付けて持ち帰ることは出来ず、漁に出るか俵物を造ることで米が手に入るという話は魅力的だった。磯川筋の衆と江崎浦の船子達は、冊子を見ながら乙吉の指導で海に面した広場に鉄の大釜を二基据付け、兵介丸の運んできた真新しい手斧を持って山に分け入り、竹と木を伐り出した。大木を板にして大きな作業台を造り、薪に割ってうず高く積み上げる。竹は細かく裂き、身を削いで皮だけにして、老人・女・子供総出で井桁に編んで簾を造る。更には浜小屋を建てる……重輔の運んできた大工道具の威力は抜群だった。その間に半十と長介達は、磯川筋の若者達に縄の結び方や網の引き方、船の寄せ方などを丁寧に教えてナマコの桁網漁の支度をする。半十も長介も十一、二歳から江崎浦で父親や先輩漁師達に厳しく仕込まれ叩き込まれている。それらのことは、お手の物だった。

一月も下旬を過ぎた頃には、磯川筋の一角にイリナマコの製造設備と道具類が整えられた。磯川筋の女達は、試しに冊子の絵図に従ってナマコを裂いてみる。それに乙吉が細かい注文をつける。特に乙吉が拘ったのは、ナマコの腹を裂くときに内臓を傷めず取り出すことだった。腸からはコノワタを、卵巣からはクチコを造る。重輔はクチコとコノワタは江崎浦に持ち帰って売り捌き、人工で渡す米とは別に、磯川筋に必要な日用雑貨を贖って与える心算だった。準備が整った一月の末、半十と長介が、それぞれ三人ずつ磯川筋の男達を伝馬船に乗せ、半町ばかり沖に漕ぎ出して桁網を打ちナマコを採った。すると僅か十間ばかりも網で海底を引くと多量のナマコが網に掛かり、一刻も漁を続けると伝馬船はナマコで足の踏み場も無い程に採れる。伝馬船が浜に戻ると、女達が群がってナマコを作業台に運び、腹を裂き身と腸や卵巣に分けて海水で洗い夫々竹籠に放り込む。ナマコの身の入った竹籠は、大釜の前で待つ乙吉と磯川筋の老人達の所に運ばれる。大釜には絶妙な塩加減に水で薄められた海水が沸かされている。湯加減を慎重に見極めた乙吉は、老人達に命じて竹籠のナマコを大釜に投げ込ませる。それからが難しい。乙吉は決して煮立ててはならんと老人達を叱咤しながら火を加減し、釜を丁寧にかき回させてナマコの煮具合に目を配る。やがて、釜の中のナマコの色が白っぽく変わり浮き上ってくると、大声で「今じゃ。今揚げるのじゃ」と叫び、自由の利かない右手がもどかしいのか、バタバタと地団太を踏みながら厳しく差配する。この辺りの微妙なコツは、謙介の書いた冊子だけでは判らなかっただろう。釜から上げられた煮ナマコは、竹で作った簾に子供や老人達の手で丁寧に並べられた。真冬だというのに皆汗をかいて活き活きと忙しく働いている。ナマコの腹を裂き終わった女達は乙吉に習った通りに、腸の泥を掻き出し塩と共に壺に入れ、卵巣は箸を使って一本ずつ丁寧に簾に並べる。それが終わる頃には伝馬船がまた戻ってくる。休む暇も無い程に忙しいが、磯川筋の浜辺は活気に溢れ喧騒と笑いに包まれた。この日、三度ばかり沖と浜を伝馬船が往復して採ったナマコの量は夥しい。乙吉は興奮を抑えきれず「これほどの大漁は見たことも聞いたことも無い……ここは宝の海じゃ」「鐘崎の浜で一か月かけて採るナマコが、これなら二日で揚がる」と、誰にともなく何度も大声を上げて騒いだ。

その日対州屋に戻った乙吉は、煮ナマコを干し並べる竹簾が足りないことを重輔に訴えた。重輔が伊之助にそれを相談すると、翌日には対州屋の男達が山に入り竹を切り出し、総掛かりで簾を編みあげる。勘蔵に率いられた対州屋の女・子供と、江崎浦の船子達が磯川筋の衆の応援をする。そんな日が十日も続くと、流石に皆に疲れが目立ってきた。採れるナマコが多すぎて圧倒的に人手が足りないのだ。重輔は思案の末、頼りないとは思いながらも、朝鮮川の者に加勢させようと決め、レイカに相談した。

「レイカ、採れるナマコが多くて皆疲れてきておる。兵介丸が帰ってしまえば、増々、手が減る。このままでは続くまい。朝鮮川の者達は加勢に来てくれまいか？」

「でも重輔様、朝鮮の人達は、対州屋や磯川筋の衆と性分が違って働くことを厭います。それでも宜しいのですか？」

「判っておる。だがレイカ……とにかく人手が足りぬ。あの者共は、その日食う物にも困っているのであろう。働けば米を出すのだ。随分と助けになる筈じゃ。利を説けば判る者も少しはおろう」

「判りました。重輔様がそう言われるのなら明日ご一緒ください。二人で朝鮮川に出向いて話をしてみましょう」

翌日重輔とレイカが朝鮮川の磯に降り立っても人の姿は無い。

「大方、寒いので小屋に入って丸くなっているのでしょう……イリの家に行ってみましょうか」

重輔がレイカに連れられて朝鮮人集落の小道に入ると、あちこちに人糞らしいものが散らばっている。「何と汚いな……」重輔は独り言を呟いた。レイカは慣れているのか平気だった。真冬だからか匂いはさほどでもない。イリの住んでいる小屋は集落の奥に在った。間口で言えば一間半程、奥行きは二間ばかり。壁には泥が塗られ屋根は枯草を被せ、それを割り竹で抑え石が乗せられていた。「イリ……」レイカが戸口で呼び掛けると、イリが何事か言いながら嬉しそうに出てきた。彼女は重輔とレイカを小屋に招じ入れる。小屋の中にはイリの弟がムシロのような物にくるまって寝転がっていた。そこら中に古びたムシロや煮炊きしたままの土鍋に素焼きの食器が散乱し、座るどころか足の踏み場も無い有様だったし、何より小屋中を漂う異臭が凄い。重輔は思わず顔をしかめた。小屋の奥には石と泥で固めた煙道が造られている。煙道は小屋の外に設けられた焚口と煙突に繋がっていて、冬場は常時火が焚かれているので小屋の中は存外暖かい。重輔はイリに暮らし向きを尋ねた。冬は、秋収穫した黍や陸稲、山で集めた木の実や塩漬けした野草で作った粥と、干し魚や干し貝・海藻などで食い繋ぎ、動くと腹が減るのでジッとしているのだという。「両親は如何した。仕事に行っているのか?」と問うと「山に薪を取りに行った」と答える。重輔は思った。「薪など何もこの寒い時に山に入らなくとも、季節の良い秋に造り溜めておけばよいではないか?」それをイリに聞こうとするとレイカが答えた。

「重輔様、ここでそれは出来ません。溜めておいても直ぐに盗まれてしまいます。だから、ここの者達は小屋に入る分だけ薪を採りに行くのです」

重輔はあきれる思いでこれを聞きながらも、人が信用出来ないが為に無駄な骨を折っている朝鮮の人々に憐れみを覚えた。レイカがイリに用向きを話し、見返りに相応の米を与えるので朝鮮川の人々に振れ回ってほしいと頼み、持参した三合ばかりの米と塩一合を渡すと、イリは驚くほどに喜び小屋を飛び出した。

　翌朝、日の出から一刻ばかり過ぎた頃、重輔とレイカは朝鮮川にイリの集めた者達を検分に行った。集まっていたのは、レイカと親しい娘達が六人。その内二人は弟らしい十二、三と見える男の子を伴っている。中年の夫婦が一組。夫婦は子供を三人連れ、一人はまだヨチヨチ歩きを始めたばかりだった。そして偽両班に歯向かって切られ、対州屋で手当てを受けて助かった若い男と、その男の仲間らしい人相の悪い青年が三人と、両班を装った盗賊の手下だった少年。総勢十八人だった。彼らに付き添って朝鮮川の長・トハンも来ていた。レイカが「貴方は来ないのか？」と問うと「ここの者達は重輔様を恐れております。この者達ならいざ知らず。皆の手前ワシは行けない」と答えた。朝鮮人達、特に壮年・老人達は朝鮮の官吏を甚だしく恐れ奉る気持ちが強い。李氏朝鮮の両班を名乗って島にやって来た男を重輔は切り殺したのだ。その男達が例えニセ両班と知らされても、重輔こそ、お上に楯突く人殺しの極悪非道な大悪人と未だに思っている。そんな重輔に従えば、先々お上からどのような咎を受けるか判らない。恐ろしくてとても近づけないというのだ。レイカからそれを聞いた重輔は苦笑しながら、ただ恐れ奉るばかりで自らは何事も為そうとしない朝鮮人達の集落を、憐れみを湛えた瞳で見た。彼の視線の先には、小屋の陰に隠れるようにこちらを窺う人々が居る。レイカが可笑しそうに笑顔で重輔に言った。

「重輔様、極悪人の重輔様のもとに集まったのは、親の言うことを聞かない跳ねっ返りの若い娘と、子沢山で食うに困った夫婦に、乱暴無頼で嫌われ者の若者だけ……ですね」

「なるほど、俺はそれ程の極悪人か……まあ良い。ここに集まった者共、何とか役立つように仕組仕込んで、食うに困らぬようにしてやろうではないか」

　重輔は集まった朝鮮川の人々に一人二合の米を渡し、二日後の朝、再度ここに集まるように命じておいて対州屋に戻った。

　浜屋敷に戻り、江崎浦に帰る兵介丸を見送った重輔は、朝鮮人十八人をどのように使い回すか勘蔵と打ち合わせた。磯川筋の家の殆どは、一家総出でイリナマコ造りに関わっていて、昼も夜も飯の支度をする暇も無い。疲れ切って浜から帰った女が、それをやるのだから無理がある。そこで浜に出て働けない老女達に、昼と夜の二食を炊きだしてもらうと決めた。勿論働きに見合った米も配られる。その米も、炊き出し分の食材も、兵介丸の積んできた米や荷から出すのだが、重輔はイリナマコの出来高が上がれば、十分に採算が取れると計算していた。続いて朝鮮人達を束ねる者を一人決めた。束ねに選んだのは、両班に切られた青年・オクだった。集落の娘が攫われようとしているのに、震え上がって縮こまっているだけの朝鮮人達のなかにあって、勇敢にも徒手空拳で偽両班に立ち向かった青年を、重輔は将才有りと見込んだのだ。そして彼と仲間の青年達は半十・長介に預け伝馬船に乗せることにした。娘達は磯川筋の女達に混ぜてナマコを捌かせる。夫婦の男は乙吉や老人達と釜でナマコを煮させ、女は磯川筋の老女達に付けて炊き出しを手伝わせることにした。そうしてやれば、幼子の面倒を見ながらでも務まると考えたのだ。残った子供達には、煮上がったナマコを並べたり引っ繰り返したりさせる。重輔の策がうまくいけば、イリナマコ造りの人手不足は解消され、産量を大いに上げることが出来るであろう。翌日から対州屋浜屋敷から炊き出しに必要な鍋・釜。食器類が運ばれ、仮設の炊事小屋が建てられて竈が築かれた。それと並行して朝鮮人達の使う厠も作った。日本人は、朝鮮人達が大小便を所かまわず垂れ流すことを知っていて嫌悪感を持っている。一緒に働く以上は、何としてもこの風儀だけは改めさせなければならない。この役は朝鮮語の話せるレイカに託された。重輔は朝鮮人受け入れ策が纏まると、磯川筋を訪れ、二、三日後から昼夜の二食は重輔の負担で炊き出しを始めることと、朝鮮川の朝鮮人が加勢に来ることを伝え、長介・半十と乙吉には言葉は通じぬまでも、朝鮮人達と磯川筋の人々の融和に務めよと命じた。

朝鮮人達が磯川筋に始めてやって来た日、まずオクに朝鮮人達の頭として彼らを纏めるよう申し渡した後、レイカが皆を厠に連れていき、用はここでしか足してはならないと厳しく何度も言い付け、用が終わった後に海水で手を洗うことも教えた。続いて朝鮮人それぞれの役割を申し付けた。青年達を長介と半十や乙吉を引き合わせ、娘達は磯川筋の女衆に預け、夫婦の夫は乙吉が釜の傍に連れていった。ヨチヨチ歩きの子の手を引いた女房は、老女が仮設の炊事場に連れていった。朝鮮人達は日本人に交じって与えられた仕事をこなそうとするが、初めてでもあり言葉も違えば習慣も習俗も違う。中々噛み合わない。時には言葉は通じないまま言い争いになることも有ったが、その度にオクが飛んでいき仲裁して事を収めた。重輔の見込んだ通り、この青年には仲間の朝鮮人達を引き回すだけの、生まれつきとでもいった格が備わっていた。網を引く朝鮮人の青年達は、慣れぬ仕事に最初は戸惑いながらも、半十や長介に身振り手振りで様々なことを教えられ、日ごとに顔つきが変わるほど漁師らしくなっていった。娘達も賑やかで明るい磯川筋の女衆に何時の間にか馴染み溶け込み、朝鮮語と日本語でお互いに訳も分からないまま冗談を言い合い笑い転げたりしていた。炊き出しが始まって女達の負担は大きく減っている。それが一層女達をおおらかにさせていた。磯川筋の老女達に交じって、炊き出しを手伝うことになった朝鮮人の女房は、日本人の使う調理道具や食器類の多さと立派さにまず驚き、喧しい程に清潔に気を遣うことに戸惑った。炊き出す握り飯や、海藻や大根の入った味噌汁に醤油で煮た魚……彼女はその味と豊かさに目を見張り、これまで子供達に与えていた物の粗末さを思った。日本人の老女達は、幼い朝鮮人の子供の為に昼夜必ず米粥を煮て味噌や焼き魚をほぐした物を混ぜ、代わる代わる自分の膝に座らせて食べさせ、どんなに忙しくても誰かが必ず幼子を見守ってくれている。優しさと慈愛に溢れた日本人に可愛がられ、はしゃぐ我が子に母親は涙を流した。

朝鮮人達が磯川筋で働き始めて十日目、初めて彼らに人工費として米が配られた。約束通り青年達には三升、娘達には一升五合、子供には一升。夫婦には夫の分が二升五合、女房の分が一升五合、子供達には三升で合わせて七升が渡された。重輔はヨチヨチ歩きの子供まで人工に入れて米を渡したのだ。これには朝鮮人達の誰もが驚いた。彼らの知る朝鮮本土の金持ちや雇い主は、働かせるだけ働かせて追い使った揚句、何かと悶着を付けて約束した人工費まで値切って払うまいとする……ところが日本人の雇い主は、昼も夜も飯を食わせた上に、労を篤くねぎらって約束通りの人工を払い、役にも立たず足手まといな幼児の食い扶持まで出してくれたのだ。このことで如何に猜疑の深い朝鮮人達も、心から重輔に心服した。磯川筋にイリナマコ造りに行った者達が、約束通り人工費として米を貰って帰ったことが朝鮮川に知れ渡ると、集落の者達は長のトハンに自分達も磯川筋で働きたいと口々に喚き立て押し掛けた。その者達に押された彼は、対州屋に一人やって来てレイカを尋ねてそれを申し入れたが、重輔はこれに答えて、既に人は足りているし一月もすればナマコ漁は終わると断った。しかし次のナマコ漁の季節になれば、手伝ってもらうとも付け加えた。重輔は夏の間に、もう一統イリナマコ造りの設備を整える心算だった。そして三月も末になるとナマコの季節が終わった。この年、一月の末から三月までの僅か二か月で、重輔達の造ったイリナマコの総量は二百十五貫（１５６０Ｋｇ）にのぼる。しかも乙吉の変質的なまでの拘りで出来上がった品物は上物ばかりだった。対州屋の見立てに依れば唐船への売値は銀六十一貫を下らないという。掛かった費用は人工費や炊き出しに要した米・八石ばかりで銀にして六百五十匁。その他、炊き出しの味噌醤油類や食材を銀に直せば二百四十匁。対州屋の取り分が一貫二百五十目程。投げ銭（資本金）の回収や資材などに五貫を見込み、それらを差し引いて残るのは銀で五十四貫。金に直せば九百両を超える莫大な額だった。しかし長州の借財銀八万貫に比べれば微々たる額に過ぎない。

四月に入りナマコ漁が終わると、重輔はスルメを造り始めた。これは乙吉がナマコの少なくなった三月の中頃、磯川衆の一人から「春先には、ついそこの沖に肉厚の良いスルメが寄ってくる」と聞き込み、それで上手に干スルメを造れば高値で売れると重輔に教えたからだった。網も人も設備も有る。乙吉はイカが産卵で岸に寄る頃に、筏に松明を乗せ、火を着けて海を照らせばスルメイカが寄ってくる。それを網で掬えば幾らでも採れるという。早速、半十と長介は江崎浦から積んできた刺し網に手を加え、小型の巻き網に仕立て直す。磯川筋の男達は、山に入って松の木を切り倒し松明用の薪にした。女・子供・年寄はイカを干すのに使う楊枝を削った。試しに長介が伝馬船で一丁ばかりの沖に出て、疑似餌の着いたイカ釣り仕掛けを投げ込んでみると、忽ち大きなイカが疑似餌に食らいつき数珠つなぎで上がる。彼は少年の頃、父親に連れられて同じ仕掛けで何度もイカ釣り漁に出たことが有ったが、これほど簡単に釣れた経験は無い。長介は喜び勇んで直ぐに浜に漕ぎ戻り、大騒ぎして夜漁の支度をした。その夜、筏に積んだ松明に火を着けて暫くすると、海面の色が茶色に変わるほどスルメイカが寄ってきた。長介達はイカの群れを巻き網で取り囲んで絞り上げ、二艘の伝馬船で挟み撃ちにしておいて網や竹ザルで掬い上げる。忽ち伝馬船はスルメイカで櫓が漕げない程の満杯になった。浜に戻り、松明の明かりを頼りにスルメイカをムシロの上に揚げておいて、又漕ぎ出したが、如何にも効率が悪い。結局この夜は二度沖に出ただけで終わった。余りの効率の悪さに半十と長介は思案の揚句、筏を造り、漁場と浜を行き来させれば良いと思い付き重輔に相談した。重輔は筏作りとイカの運搬水揚げは、朝鮮川のオクとその仲間にやらせることにして彼らを呼び寄せた。勇んでやって来たオク達は、砂浜に絵を描いて説明する長介の意図を直ぐに理解し、磯川筋の者から手斧や鋸を借り受けて山に入り、竹を切り出し、積んだイカが落ちないように箱型にした筏を二つ造り、浜には竹で桟敷を造ってムシロを敷き、明かりに使う薪を積んだ。まだ肌寒い季節では有ったが、朝鮮人達の流す汗は夥しかった。忙し気に立ち働くオク達の姿を嬉しそうに眺めながら、重輔はレイカに言った。

「レイカ……俺は朝鮮川の者共は怠惰で働かぬと馬鹿者ばかりと思っていたが、どうもそうではないな。奴らは何をどうして良いかが判らぬだけのようじゃ。誰かが導いてやれば、見ろ、あの通り日本の者と変わらぬではないか」

「重輔様、貴方様は本当にお優しいお方……朝鮮人にも私のようなエゲレス混じりの異形の者にも心を尽くしてくださいます」

照れたのか重輔は殊更に大きな声で笑って答えた。

「レイカ、馬鹿を申すでない。ワシは朝鮮のお上に楯突く極悪人じゃ……それに、日本の国では抜荷を企む天下の大罪人でもある。優しい男などで有ろう筈が無い」

レイカは答えず、ただ黙って微笑み重輔の背に静かに手を置いた。

長介・半十と磯川筋の男達が沖で採ったイカを、オクと仲間の朝鮮人の若者達が浜に運び桟敷に揚げる……漁の仕組が整い動き始めると、漁が終わる夜明けには桟敷は山のようなイカに覆い尽くされる。日が昇ると磯川筋の女衆や朝鮮川の娘達が集まり、イカを捌いて海水で丁寧に洗い、ザルに盛って干場に運び、張られた縄に楊枝で留めて干し揚げる。乙吉は不自由な右手を忘れたかのように、あちこちを飛び回って様々に指導した。この男は島にやって来て重要な役割を与えられたせいか、この頃若返ったように見える。彼は「ワシは筑前鐘崎で長年イカ漁をやったが、これ程、身の厚い立派なスルメイカは見たことが無い。これを上手に干せば良いスルメがあがる。皆の衆、精を出せ」と誰彼構わず講釈しながら走り回った。その乙吉が又も重輔に口添えした。イリナマコやスルメイカを溜めて置く大きな倉庫が無ければ、せっかく造った品物が雨に濡れて腐ってしまうという。なるほど、イリナマコは今年売れる物と、もう一冬越さねば売れない物がある。それらは対州屋の長屋や磯川筋の家々に積み上げてあるが、それには限界がある。やがて大量のスルメイカも出来上がる。夏になれば干しアワビも作り始める。乙吉の言うことは尤もだった。重輔は対州屋の屋敷に幅三間縦八間の倉庫二棟を、磯川筋にも幅二間縦六間の仕事小屋を普請することを決め伊之助に謀った。無論伊之助に異論はない。江崎浦から持ってきた大工道具や、釘・鎹は充分に足りているし、山に入れば杉や檜の大木が幾らでも切り出せる。だが人手が無い。磯川筋の者達はスルメイカ造りで手一杯だったし、対州屋の男達は、朝鮮本土に渡り朝鮮ニンジン集めに奔走している最中だったり、唐船や南蛮船と連絡を取る為に釜山や済州島に出かけていて、残っているのは女子供と老人ばかりだった。重輔は当面のスルメイカ漁を諦めて、磯川筋の者と朝鮮川の者共を総動員して、アワビ漁を始める六月までの二か月で倉庫の普請を終えると決めた。重輔は、磯川筋の主だった者や長介・半十に乙吉、朝鮮川からはオクとイリにトハンを呼び、そのことを告げ賛同と協力を取り付けた。早くも翌日には長介・半十とオクに率いられた男達が、斧や鋸や荒縄を手にして山に入る。大工仕事に通じた磯川筋の老人に様々な知恵を借り教えられながら、重輔の旗振りで着々と倉庫造りは進んだ。女達は対州屋の裏山から壁土に使う土を掘り出して運び積み上げる。朝鮮川の者達は竹を裂いて壁や屋根の下地を作り、皆で柱を削り、板を引く。一月もすると資材が揃い、棟が上げられ、二か月目には屋根板が張られ壁が塗り終わった。雨の多いことも有って重輔の想いより少しばかり遅れたが、七月に入った頃には倉庫の普請は終わった。

十

後手〱の試行錯誤ばかりが続いて慌ただしくは有ったが、磯竹島にナマコ漁やイリナマコ造り、スルメイカ漁にスルメ造り、そしてアワビ漁に干しアワビ造りの仕組がほぼ整えられて倉庫も出来上がり、島の者達が干しアワビ造りに精を出していた八月の始め、弁天丸が謙介を乗せて島にやって来た。謙介は重輔の顔を見るなり、イリナマコ造りの首尾を問うた。重輔の言ったイリナマコ産量二百十五貫という出来高に驚き、来年は四月から六月にかけてスルメも造ると知らされ、今年は試しに五日ほどの漁で百二十貫ばかりを造ったと聞くと、躍り上って重輔の肩を叩いて喜んだ。上質なスルメは一斤が銀一匁三分ほどの値が付く。百二十貫といえば、銀九百匁に相当する。来年、三か月も漁をすればスルメイカだけで銀二十貫ばかりも稼げると見込める。謙介にとっては嬉しい誤算だった。対州屋では伊之助と勘蔵が手代を一人連れて待っていた。重輔が伊之助たちに謙介を紹介し、それに答えて謙介が名乗った頃、レイカがお茶を持って部屋に入ってきた。お登勢に貰った紫の小袖を美麗に着こなしている。

「謙介。これが妻のレイカじゃ。宜しく頼む」

「長州長門の江崎浦から参った兵庫屋謙介であります。レイカ殿のことは重輔から聞かされておりました。無粋なこの男の惚れたお方とは、どのような人なのか気になっておりましたぞ。長いお付き合いになるでありましょう。我女房のお登勢共々宜しくお願いいたす」

「小谷レイカでございます。お登勢様にはこのような良い物を頂きました。心からお礼を申し上げます」

両手を広げ自分の纏っている小袖を見せる仕草の後、深く頭を下げて続けた。

「私はこのようなエゲレス混じりの異形ではありますが、どうか宜しくお付き合いください」

レイカは小谷レイカと名乗ったのは初めてのことだったし、重輔が人前で妻と呼んでくれたのも初めてのことだった。彼女は恥ずかしい程胸が高鳴り、目眩がするほどの喜びを覚えた。伊之助は、重輔がレイカを我妻と呼び、レイカが小谷レイカと唱え、それを長州の兵庫屋謙介こと西尾謙介が何の躊躇いもなく、さらりと受け入れているのを見ると心がからりと晴れ渡ったような気がした。

暫く砕けた談笑が続いた後、謙介が切り出して本題に入る。謙介は十一月にやって来ると聞いている唐船相手に最初の抜荷商売をしようと考えていた。それを対州屋と打ち合わせる為に磯竹島に渡ってきたのだ。彼はまず、江崎浦に集めている様々な物産の種類と量を書き留めた書付を伊之助に渡した。伊之助は仔細に読み、軽く頷いてから言った。

「十一月晦日には、船が島に寄せる手筈になっております。相手は上海の唐人や南蛮人相手に商いをしておるので、売りにも買いにも中々に重宝な船でございます」

謙介が船の欲しがる物と持ってくる物を問うと、伊之助に変わって手代が答えた。この男が朝鮮済州島まで出向いてエゲレス商人と連絡したのだという。対州屋の交易相手がエゲレスだと聞いて謙介が伊之助に問うた。

「エゲレス？　……かの国は清国ともめていると聞き申したが、大丈夫でござるか？」

謙介が言っているのは、アヘン貿易で莫大な利益を上げていた大英帝国に、それに伴う銀の流出で窮乏した清国が戦端を開いた、世に言うアヘン戦争のことだった。しかしこの戦争で、清国はその弱体ぶりを露呈し各地で散々に破られた。降伏した清国は莫大な賠償金を請求された上に、屈辱的な南京条約の締結を強要されることになる。謙介が磯竹島に渡ってきた丁度この頃、既に清国は英国の軍門に下って戦争は終わっていた。

「戦はエゲレスの勝ちです。これからは、清の商人達は勝手に交易商いが出来なくなりましょう。勝った側のエゲレス商人と取引いたす方が良ろしかろうと存じます」

答えを聞いて安堵の表情を浮かべた謙介に、手代が続けて言う。

「こちら方の売り物は、重輔様の申された長州様ご領内の産物と島で造っておる俵物。それに輪島の塗り物や有田の焼き物で話してございます。エゲレス人達は、刀や醬油に煙草葉。それに上質な俵物を特に欲しがっておると見ました」

「蝦夷の昆布はどうじゃ……我らは唐船との抜荷といえば、真っ先に俵物と昆布を思い浮かべるが？」

「上海には長崎会所や薩摩の売った昆布が溢れておって、今は相場も下がっておるようで、余り昆布は欲しがらぬ様子でした」

これを聞いた謙介は顔をしかめる。既に江崎浦の兵庫屋倉庫には四百貫程の昆布が積んであるし、まだまだ買い集める算段をしていたのだ。買値の平均は一貫が銀一匁だった。彼は口には出さずに思った
「皆捨てても銀四百匁か……しかし良いことを聞いた。これ以上昆布は買えぬな」

謙介の思案顔に気付いた手代が黙っていると、伊之助が口を開いた。

「朝鮮ニンジンは六年物の紅蔘《こうじん》（最上級品）が四斤と白蔘を十一斤手に入れ申した。出雲・松江辺りの栽培物と違って本場の天然物で形も良い。高値で売れる筈じゃ。代は〆て米四十五石と塩二表でござった……貴方方のおかげで、朝鮮人の欲しがる米と塩を見せびらかせて良い物ばかり集められ申した」

謙介が朝鮮人は銀や銭より米や塩を喜ぶ理由を問うと、朝鮮ではソウルか釜山でもなければ、銭や銀を持っても使えないという。それ以外の所では、殆どの取引が物々交換で、なかでも一番価値の高いのが米や塩だと教えた。その話を聞きながら謙介は素早く計算していた。米一石は銀八十匁、四十五石なら銀三貫六百匁……塩の分を加えても銀四貫。朝鮮ニンジンは安く見積もっても、紅蔘なら一斤が銀九貫、白蔘でも銀五貫で捌ける筈だった。合わせると銀九十一貫にもなる。対州屋の取り分を差し引いても四十貫以上の利が残る。謙介は抜荷で上がる利の大きさを改めて思った。

「相手方の品物と、上海の交易相場はこれに纏めてございます。お読みください」

手代の手渡す書付を謙介はじっくりと読み込んだ。それには、英国船が運んでくる様々な物品と、それらの交易相場が詳細に書き込んであった。

「さすがは対州屋伊之助殿……これが有れば江戸・大坂の旦那衆と下話が出来申す。南蛮船から買った品物は、出来るだけ早く銀に変えてしまいたいと思っておりました」

この日、対州屋から伊之助と勘蔵、手代が三人と長州側から重輔と謙介、半十・長介・乙吉に弁天丸の船頭・船子が宴を開いて夜遅くまで賑やかに騒いだ。レイカは対州屋の女衆を率いて男衆の世話に忙しい。彼女は、重輔が自分を妻と言ってくれたことが嬉しくて仕方がない……旦那様に、決して恥をかかせてはならないと気張っていた。

翌日、重輔は謙介に新たに普請した倉庫と、中に積んでいるイリナマコやスルメを見せた後、磯川筋に連れていった。この頃、対州屋浜屋敷と磯川筋の間には人二人が並んで通れるほどの道が海沿いに開かれていた。磯川筋の浜辺では、大きな作業台に群がった女達が賑やかに言い騒ぎながらアワビの身を取り出している。その向こうに据えられた大釜では男達がアワビを煮ていた。大声を張り上げ、身振り手振りで駆け回っている乙吉も居た。そして山裾から集落にかけてビッシリと簾に並べられてアワビが干されている。謙介はその盛んな様子に驚いた。自分の見知っている須佐尾浦の干しアワビ造りが、情けなくなるほど規模が違う。

「重輔……盛んなことだな。それ程アワビが採れるのか？」

「うむ。俺も驚いておる。そこら中に大アワビがおるのじゃ。今まで誰も採らなかったからだろう、海に入ればいくらでも採れる」

「おい重輔。ならば二人で、どれ程採るか比べて見るか」

「おう、面白い。俺は子供の時から水練を仕込まれておる。それに去年、半十や長介と一緒に潜ったこともある。負けはせぬど」

二人は衣服を脱ぎ棄て褌一丁になってアワビ起こしを手に海に入った。幼児の頃水害に遭った記憶からか、子供時代の謙介は水を恐れた。だが益田家から彼を預かり養育していた須佐村玉臨寺の住職・哲宰は、謙介が十歳を過ぎた年の夏の或る日の朝、有無も言わせず謙介を海に放り込み、恐れ嫌がるのを厳しく叱り付け、海から上がることを許さない。見かねた漁師や女房達がそれを可哀想に思い、口々に「もう、許してやってくれ」と頼んでも「たかが海ごときを恐れておっては、大事を成すに至らない」と哲宰は強く拒絶した。普段物静かで優しい男の物狂いしたような厳しさに、あきれた漁師達は海に飛び込んで謙介に泳ぎを教えた。元々俊敏な性質の謙介は日が沈む頃には水に浮くようになり、五日ほども海に通うと、教えた漁師が驚くほどに泳ぎは達者になり、二尋ばかりも潜れるようになった。以来泳ぎにも潜りにも誰にも負けない自信を持っている。二人は競い合ってアワビを採ったが取り方は全く違っていた。重輔は勢いよく潜り息の続く限り頑張って手当たり次第に採る。謙介の場合は、まず一度潜って、そこらに張り付く大きなアワビに目星をつけて一旦息を吸い、次の潜りで目星を付けた大アワビだけを採る……やり方は違っても、小半時の勝負で採った量はほぼ同じ、引き分けだった。

勝負を終えた二人が、岩の上に座って男達のアワビ漁を見ていると筏が寄ってきた。筏にはオクと朝鮮人の若者二人が乗り、アワビを山盛りにしたザルが三つ載せてある。オクは重輔に手を振って何か言った後、浜に筏を着けザルを作業台の方に運ぶ。

「お主の言った、朝鮮人達とはあいつらか？」

「そうじゃ。今のがオクといって朝鮮人の頭をやってもらっておる」

魏志倭人伝にも書かれているとおり、古来、朝鮮人は海に潜って漁をする習俗を持たないが、重輔は長介と半十に命じて朝鮮川の若者達に潜り漁を教えさせた。彼らは直ぐに海中で目を開けることに慣れ、潜る時の体の使い方や呼吸法を覚えた。そして重輔はザル一杯のアワビと米一升五合を交換すると約束し、オクに率いられた朝鮮人の若者達は朝鮮川の磯で、一日当たりザルに二杯ほどのアワビを採り磯川筋の作業場に運んでくる。

「そうか、面白いやり方じゃが、朝鮮人の働き振りはどのようじゃ？」

「うむ。よう働く。見ろ、あそこでアワビの身を出している者の半分は朝鮮の娘達じゃし、釜の傍で乙吉と一緒にナマコを煮ているのも朝鮮川の者じゃ」

忙しそうに立ち働いている人々を眺めながら謙介は思った。

「重輔とは凄い男だ。僅か一年足らずで、日本人と朝鮮人を見事に使いこなす仕組みを造り上げておる……流石に明倫館で一・二と言われたほどの秀才。俺にはとても真似はできまい」

重輔が話題を変えた。

「ところでお主の見込みはどうじゃ。我らの役儀、果たせる見込みは立ったのか？」

「ここの様子や、昨日の対州屋殿の話を目論ろんで考えれば、清風殿の言われた年に銀五百貫の利は上げられるかも知れんと思っておるが……何分初めてのことじゃ。十一月の首尾次第であろう」

その夜、重輔は目録を謙介に手渡した。目録には、大釜・二、大鍋・二、桁網・一、巻き網・一、わら縄・百巻、カマス・百枚、俵・五百と漁や俵物造りに必要な資材が書き並べられ、続いて米百二十石、塩三石、味噌に醤油と酒と記され、最後に五右衛門風呂の鉄釜を四、縫い針に木綿糸、木綿の古着や木綿晒に足袋と書かれ、十月に島に来る兵介丸に積み込んで欲しいという。味噌・醤油・酒までは謙介にも理解出来たが、五右衛門風呂などは重輔が何をしたいのか判らない。謙介は問うてみた。

「判った。揃えて積もう……じゃが重輔。風呂釜などどうするのだ。対州屋にも風呂は有るではないか？」

「いや、それは……」

重輔は風呂釜や古着に縫い針などの使い道を謙介に語った。彼は風呂釜四つの内二つは、小さな桶風呂しか無い磯川筋に据えて共同で使わせ、残り二つは朝鮮川に湯屋を構えて、入浴や沐浴の習慣を朝鮮人達に教えようとしていたのだ。そして、余りにも貧しい身なりの朝鮮人達に、取り敢えず日本の古着を着せ、更には木綿晒と縫い針や木綿糸を与え、朝鮮川の娘達に裁縫を教え、朝鮮衣装を自ら仕立てさせようと考えていた。勿論これにはレイカの思いも籠っている。

「なるほど……朝鮮人は六十人程いると申しておったな。子供も居るのか？」

「あそこには老人が十数人、青年壮年の男が二十人、女が十五人、子供が八人、赤子も二人ばかり住んでおる」

「そうか後は俺に任せろ。見繕って持ってこよう。他に入用な物はないのか」

「そうだな……出来れば砥石も一緒に積んでくれ。包丁も鉈も、そこらの石を拾って研いではおるが上手くいかぬ」

謙介は頭の中で冷静に算盤を弾いている。島で産出する俵物は莫大な銀を生み出すと期待される。風呂釜や古着など幾ら持ってきても安い物だと思った。しかし重輔のほうは算盤だけで朝鮮人に接している訳では無く、この島の朝鮮人達に人らしい生業を教えてやりたかったのだ。この重輔の思いを表すのは難しい。

「それにしてもお主、この島の朝鮮人達を扶持して撫育するような勢いだな」

その言葉を聞き流した重輔は何も答えず、唯、そうだと言わんばかりに微笑んだ。話が途切れた頃、レイカが入ってきて小袋から取り出した珠を謙介に手渡して言った。

「これをお登勢様にお渡しください。アワビから出てきた珠でございます。とても珍しい物だと聞いております」

極、極稀にではあるが、大アワビの中には、身中に誤って入った砂などの小さな異物を自らが分泌する真珠質で覆い、美しく輝く珠を造っていることがある。レイカはアワビから出たそれを貰い受け、宝物のように二つ持っていた。その一つを、お登勢に渡して欲しいと謙介に託したのだ。翌日、弁天丸は磯竹島を離れ江崎浦に戻った。

十一

天保十二年秋。兵介丸が磯竹島の対州屋浜屋敷桟橋に碇を降ろした。乗り組んでいるのは船頭・万吉に船子衆十一人と、兵庫屋謙介こと西尾謙介に、大和屋喜八こと木下喜八郎の二人。彼らはイギリス船との取引にやって来たのだ。兵介丸には米百二十石の他、重輔が謙介に調達を頼んだ様々な物品と、交易用の貨物が満載されている。長州領内・長登銅山で採掘精錬された銅塊が二百貫、長州鍛冶の鍛えた刀剣五十振り、十五斤に梱包された樟脳が二百俵に煙草葉が二百二十俵、長州藩領柳井津の醤油が五升壺で百、津和野藩領で産する上質和紙を二十束、量は少ないが幕府御用商人の目を盗んで集めたイリナマコや干しアワビが十五斤の俵で合わせて十俵、有田焼に輪島塗、蝦夷の昆布が四百貫……これらは、対州屋や磯川筋の男達と兵介丸の船子達が、二日がかりで対州屋の倉庫に運び込んだ。既に倉庫には、十五斤に斤量して俵詰めされたイリナマコ・干しアワビ・スルメが積まれていた。この時期は夏のアワビ漁が終わり、冬のナマコ漁を待つ端境期だった。磯川筋の者達はアワビ干しや冬漁の準備に忙しい最中ではあったが、謙介の持ってきた大釜でイリナマコ造りの設備を増やし、五右衛門風呂を据付けた。十一月晦日の二日前、対州屋の手代が遥か沖合に船影を見つけ、かねての手筈通り対州屋浜屋敷の裏山に駆け上がり、狼煙を二筋上げた。船は狼煙を目当てに対州屋浜屋敷の沖合二町程で碇を降ろした。船は英国・マジソン商会の「ジェラルド・ポーツ号」だった。マジソン商会は英国東インド会社の全面的な庇護下にあって、上海を根城に様々な商いをしていた。黒く塗られた船は基準排水量三百五十トン、四本マストのガリオン型。船長以下乗員三十四人を擁し、大砲も二門積んでいる。栈橋に繋がれた兵介丸よりも一回り以上も大きい。対州屋から見ると、船に積まれた大砲が自分達に向けられていた。船はこの日、停泊したまま何の動きも見せない。

翌朝、「ジェラルド・ポーツ号」からランチが二隻、海に降ろされ栈橋に漕ぎ寄せた。銃を持った船員を二人ずつランチに残して、英国人が二人と清国人らしいのが一人栈橋に上がった。出迎えた対州屋伊之助と手代が三人を同行して浜屋敷に招じ入れると、そこにはデスクとベンチが置かれている。伊之助はレイチェルから西洋人達はベンチに座り室内でも土足で過ごすと聞いている。彼は抜荷の相手がエゲレス商人だと知ると部屋をそれらしく改装し、デスクとベンチを作っておいたのだ。英国人と清国人は用意されたベンチに座る。すると部屋の奥の板戸が開き、重輔に謙介と喜八が入ってきた。三人共、侍装束で両刀を手挟んでいる。途端に英国人の一人が椅子から立ち上がり怒声を発し、清国人も声高に何事か喚き散らす。しかし彼らは、別に何かに怒っている訳では無く、別の魂胆が有った。英国人達は、アジア人は初対面のとき、傲慢な態度で高圧的に脅し付ければ卑屈な程に恐れ縮み上がると知っていたし、思っていた。彼らは日本人を知らず、他のアジア人と同じであろうと思っている。英国人が殊更に表情を厳しくし大声で怒鳴りつけたのは、アジア人に対する常套手段を演じたに過ぎない。清国人は英国人に阿《おもね》って尻馬に乗って騒いだだけのことだった。ところが怒鳴り付けられて縮み上がる筈の日本人達は、誰一人恐れる風も無く平然としている。狼狽した清国人は、慌てて懐から紙と筆を取り出し文字を書いて示した。刀を差しているのは怪しからんという趣旨だった。正装して容儀を整え、礼を尽くした心算だった三人は「なるほど……西洋人はそう思うのか」と素直に従った。刀を長介・半十に手渡し丸腰になって謙介と喜八はベンチに座る。ところが重輔だけは座らず立ったまま首領株に見える英国人に右手を差し出して言った。

「ハロー。ナイストゥーミィトュー、マイネーム・イズ・ジュウスケ・シモヤ……ヒーイズ、ケンスケ・ニシオ、アンド・キハチ・キノシタ。ウィー、アー、カムフロム、ニホンコク、イン、チョーシュー」

英国人達は最初、重輔が日本語で何か言っていると思った。しかし、それがどうやら英語らしいことに気付いて飛び上がらんばかりに驚いた。実は重輔は、この頃少しばかり英語を喋ることが出来るようになっていた。レイカは自分が母にしてもらったように、寝物語で重輔に英国の歌や物語を繰り返し聞かせ、手製の和英辞書を読ませた。明倫館第一等と称された明晰な頭脳を持つ重輔は、忽、英語でレイカとの日常会話が成り立つ程に達した。しかし発音は我流に近く、レイカには通じても本物の英国人達には聞き取りにくいものだった。

日本人が英語で挨拶をしているらしいと気付いたものの、言葉としてハッキリと聞き取れなかった首領株の英国人が、ゆっくりと重輔に言った。

「Could you say that again?（もう一回言ってくれ）」

　促された重輔が同じ言葉を繰り返すと、英国人は表情を真剣に引き締め目を瞑り聞いていた。そして目の前の日本人が英語を使って自分に挨拶をしていることを確信すると、立ち上がって頷き、晴れ晴れとした笑顔で重輔の手を取り挨拶を返した。

「Nice to meet you Juske I am John……（重輔。ジョンだ宜しく）」

　マジソン商会上海支配人のジョンは重輔と握手を交わしながら思っていた。「どうやら日本人は、清国人や朝鮮人とは全く違う種族のようだ……」実は、彼は上陸した時から桟橋や浜屋敷の清潔さに驚嘆していた。アジアにやって来て初めて感じたことだった。清国や朝鮮の街々の汚物まみれの猥雑さと、人々の卑屈な下品さに呆れ果て、アジア人を侮り軽蔑していたジョンは、極東の小さな島国に住む日本人達の、清潔さと堂々とした物腰に驚いたのだ。桟橋の石組みはキッチリと積まれ、案内された屋敷も質素では有ったが丁寧に造られていた。部屋は綺麗に整頓され、素朴ながら良く拭きこまれたデスクとベンチが置かれ、そこには花まで飾られている。訪れたアジアの街あちこちで、ジョンを散々悩ませていた不快な異臭などは全くしない。それに、日本人達は、行き成り大声で怒鳴り付けられても欠片《かけら》程の動揺も見せることなく、誰もが引き締まった精悍さと聡明さを感じさせる風貌で、清潔そうな衣服をキチンと着こなし、流暢とは言えないまでも英語を話す男までいる……彼は初めて知った日本人に興味と好感を覚えた。初対面の挨拶が終わり、重輔がベンチに座るとレイカが入ってきた。彼女が重輔の後ろに立ち「自分は重輔の妻である」と英国人に告げると、彼らは呆けたように自分達と同じ肌色と髪の色をした女を見た。彼女は、お登勢から贈られた紫の小袖を見事に着こなし微笑んでいる。英国人達が、好意に満ちた表情で立ち上がり握手を求めると、彼女は優雅に応じ、その後謙介に一枚、ジョンに一枚の書付を手渡した。それには対州屋の倉庫に積まれている物産の品目と数量が漢字で丁寧に書かれていた。ジョンは時々、通辞の清国人に質問を発しながら書付を読んだ。読み終わると挨拶を交わした時の好意を消し、厳しい表情で品物の検分をしたいと強く言った。

倉庫に入ったジョンは、上・並・下と品質別に分けてイリナマコの詰められた俵を、夫々三つ示し開けて見せろと言う。対州屋の手代達が、ジョンの叩いた俵を、倉庫に敷いたムシロの上に運んで中身を取り出して見せた。ジョンは、一表、一表、重さを測り、等級別に日本人の分けた干しナマコの品質を手に取って確かめてメモを取った。続いて干しアワビにスルメ……決して手を緩めることは無かった。ジョンに依る厳しい検品は二日間に渡って行われた。検品を終えたジョンは、好意に満ちた表情に加え、一種の尊敬さえ浮かべ重輔と謙介に強く握手を求めながら思わずつぶやいた。

「So good……it Perfect（完璧だ、これなら良い）」

これまでジョンは清国人や朝鮮人商人達との取引で、何度も煮え湯を飲まされ騙されていた。見本を示されて俵物を買った後で中身を見れば、まともな物は俵の上の見える部分だけで、底には粗末な不良品が詰められていればましな方で、木屑が入っていることも有ったし、目方を稼ぐために、わざと水を含ませた物を売り付けられたことも有った……彼らの品物は量目も品質も全く信用出来なかった。その上、相場を無視して法外な値を吹っかけておいて、様々に嘘八百を並べて言い繕い、卑しく相手の出方を窺いながら誤魔化して値を操ろうとする。彼は狡猾で信義の無い清国商人達に対しては、大英帝国東洋艦隊の武力を背景にした恫喝を持って応じてきたが、今、目の前に居る日本人とは信義を持って取引が出来ると確信した。彼が検品した日本人の品物の量目には誤魔化しや誤りは一切無かったし、俵物の干し具合は完璧で、正直に品質を揃え等級分けして俵に詰められていた。煙草葉や樟脳・紙なども、十分に吟味された一級品と評価出来た。本国に持ち帰れば、信じられない程の高値の付く、刀剣の造りも美麗で安っぽさが無かったし、醤油も完全に密封して壺に詰められていて十分船送りに耐えられる品物だった。

翌日、重輔と謙介・喜八に伊之助と手代が、半十の漕ぐ伝馬船でジェラルド・ポーツ号に渡り、船の積み荷を検分した。南蛮薬種・ギヤマンの皿に湯呑・象牙・サンゴ・香木・羅紗に縮緬・毛織物・鼈甲・南蛮雑貨・機械時計……喜八は思わず唸った。大坂に持ち帰れば、高値で捌ける数々の品物が山のように積んである。中でも彼が目を付けたのはメガネだった。この頃、武家や商家の旦那衆が競って老眼鏡を求め始めて需要は多く、幾らあっても右から左に高値で売れる。それを謙介に伝えると、彼は嬉しそうな笑みを浮かべて頷いた。対州屋の手代はそれらの品物を事細かに帳面に記録する。その夜、謙介は物品目録を片手に、手代から上海での取引相場を、喜八からは抜荷の売値相場を聞き取った。そして翌日から売買交渉が対州屋の屋敷で始められた。ジョンの表情は厳しい。彼は最大の利を上げるために極東の更に果ての小島までやって来て交渉に臨んでいるのだ。当然のことながら日本人達への好意とは別の話だった。レイカを通辞として対州屋の倉庫に積まれた品々から値段交渉が始められた。ところが商売の話になると、レイカの知らない言葉が次々に出てきて上手く日本語に換えられない。単語の意味が理解出来ないのだ。すると清国人がレイカの知らない英単語を漢字にして書いて見せた。それを重輔が話し言葉に訳しレイカに伝える。こうして、お互いの意思疎通に不自由が無くなると、商談は時に激しく議論を交わすほどに熱を帯びた。ジョンは少しでも安値で買おうとするし、謙介は高く売ろうとする……激しく遣り取りし厳しい表情を見せながらも、実はジョンは内心では舌を巻いていたのだ。それは謙介が上海相場に実に良く通じていることだった。しかも謙介は、それらを全て諳んじているらしく、議論の最中には、手にしている物品目録に目もくれない。そして値が決まると、初めて目録に目を落とし何事か書き込む。最初ジョンは謙介が何を書いているのか気付かなかったが、清国人に教えられて衝撃を受けた。謙介は、単価が決まると、直ぐに品物当たりの総金額を書き込んでいたのだ。この当時、英国を始めとした西洋の先進諸国であっても、教育を受けられない一般庶民の識字率は低く、高等教育を受けた筈の貴族や上流階級の者ですら、掛け算や割り算などを自由に使いこなせる者は少なかった。それを謙介は暗算で瞬時にやって退けているのだ……英国マジソン商会の支配人を務めるジョンにしても、彼と同じ計算をやろうとすれば、筆算で相当な時間が掛かるだろう。しかし謙介が特殊な能力を持っている訳では無い。伊之助や対州屋の手代は勿論、およそ日本の大店で番頭や手代を務める程の者は、皆それくらいのことは普通に出来る。彼らは只、頭に算盤を思い浮かべ弾いているだけなのだ。謙介も萩城下の醤油屋で帳場を加勢している時にコツを教えられ、身に付けていただけに過ぎないが、ジョンにすれば、彼が超人的な能力を持っているとしか思えない。手強い交渉相手である謙介に畏敬の念さえ覚えた。

対州屋倉庫の品々の値が決まり、続いてマジソン商会の売り物に値を付けていく。最初に謙介は、船に積んである百五十個のメガネを全部買いたいと申し入れた。ところがジョンは「ＯＫ」とは言わず八十しか売れないと言い、一個当たり銀二百匁だと主張する。謙介はメガネの上海相場は銀で百二十匁程だと知っていたが、ジョンも琉球・薩摩経由の抜荷をやっている上海の商社仲間から、日本ではメガネの需要が旺盛で売値が上がっていることを知っている。双方に理がある。お互いに譲らない。喜八の調べた大坂相場はメガネ一個で十両から十五両、銀に直せば六百匁から九百匁に相当する。喜八や対州屋の見立てでは、ジョンのメガネは上級品で直ぐにでも捌けるとも聞いている。暫く黙っていた謙介が口を開いた。

「二百十匁出そう。その替わり、百五十全部売ってほしい……これでどうだ」

ジョンは、いきなり自らの買値を上げる交渉相手など初めてだった。彼は一個二百匁で値を決めた後に、売る数を交渉しようと考えていた。勿論船に積んで持ってきている以上、全部を売り切りたいのが本心で、八十と言ったのは単なる交渉上のテクニックに過ぎない。謙介には何もかも読まれているような気がして素直に負けたと思った。

「OK謙介。それで決まりだ……」

ジョンと謙介は、その後、時にはお互いの主張が対立してデスクを叩き合うほどの激しい交渉を続け、遂に全ての商談が整ったのは三日目の午後だった。交渉が終わった頃には、謙介もジョンも疲れ果ててベンチにへたり込んだ。へたり込んだジョンの疲労は心地よいものだった。彼はアジアに来て以来、清国や朝鮮の商人達の底知れない狡猾さと、約束を破って平然としている破廉恥さに対抗するために、半分は騙し脅して商売をしていた。無論英国紳士たる彼の本位では無く、そうせざるを得なかったのだ。ところが日本国・長州の侍・西尾謙介達とは、法と契約を重んじる英国商人を相手にするのと変わらず、お互いの理と利を主張し、妥協できるギリギリのところで成立する嘘や誤魔化しの無いビジネスが出来たのだ……アジアに来て初めての達成感と壮快感に包まれて満足し嬉しかった。

「それにしても、日本とはどのような国なのだ？ これだけ近いのに清国や朝鮮とは全く違う種族らしい。重輔や謙介だけでなく、誰もが読み書きも計算も出来るようだ。彼らが言うには、日本人は貧乏人の子供でも七歳になった頃から学習するらしい……驚くべきことだ。信じられない。何より、長州人達は言うことをやることも、嘘・誤魔化し・卑しさが一切無く節義と信義に溢れている。英国は清国などでは無く、日本や長州にもっと注目する必要がある……」と思った。この思いは、やがて上海の英国人達に広く伝わり共有されて、幕末動乱の渦の中で、暴走に暴走を重ねた長州藩が四面楚歌、孤立無援の滅亡目前に陥った頃、一度は馬関で戦端を開いて衝突しながらも、その後、英国が異常な程の好意で長州に肩入れすることになる源流をつくった。一方謙介は今回の取引で上がる利を細かく計算していた。計算していた。ジョンに売った総額が二百十三貫二百匁六分。品物の仕入れ額が八十七貫五百匁、磯竹島の運営費用に四十一貫二百匁に様々な経費が二十貫……合わせた元手は百四十八貫七百匁になる。更にジョンから買った品々が、どれ程で売れるか目論見を立て計算すると、三百六十貫以上と答えが出た。利として二百十一貫が予想され、そこから対州屋に口銭として十貫五百匁程を支払う。それに加えて対州屋の朝鮮ニンジンで上がるのが五十貫。今回の抜荷で上がる利の総額は銀二百五十貫以上(金四千百五十両)の巨額に達すると目論まれた。今回は磯竹島での俵物製造量は少なかったが、次回からはかなりの量が期待できる。年に二回、マジソン商会との交易を続ければ、銀五百貫の利を抜荷で上げるという目標達成の目途が立つ。謙介はようやく肩の荷を降ろした気がした。

翌日は朝から荷積みが始められた。対州屋の者達に磯川筋や朝鮮川の若者、合わせて十八人。英国側からは、ジェラルド・ポーツ号に苦力《クーリー》として奴隷同様の扱いで乗っている南越人や清国人が十五人で総勢三十三人。日本側の旗振り役は重輔、英国側は白人の若い船員が勤める。重輔は手に紅白の小旗を持っている。ポーツ号を桟橋に寄せると座礁の危険がある為に、一町ほどの沖合で空船の兵介丸がポーツ号に接舷し、幅一尺五寸長さ二間の檜板二枚を並べて造った渡り板を両船の間に三か所取り付け船を繋いだ。その間にポーツ号では、南越人や清国人が船倉から甲板に荷を運び上げる手筈だった。しかし、まともに食も与えられていない彼らの動きは緩慢で、旗振り役の若い白人船員が走り回って怒声を張り上げ叱責しても一向に作業は進まない。見かねた謙介が日本人十人程を連れてポーツ号に乗り込み加勢することで、漸く半分程の荷が甲板に積まれた。するとここで作業を止めさせた重輔は、英国人船員に「アイ　レッツ　ゼム　ハブ　ミール（彼らに飯を食わせる）」と告げた。船員には重輔の英語は聞き取れない。イラついているのか何事か早口で捲し立てるが重輔も判らない。その様子を見ていたジョンが寄ってきて、重輔の言うことを理解し「OK Do it（判った。そうしろ）」と答える。重輔は三十三人全員を対州屋の船に乗せ浜屋敷に連れていった。飯を食うのは日本人だけだと思っていたポーツ号の英国人たちは、呆気に取られてそれを黙って見ている。暫くして旗振り役の若い船員がランチに乗って後を追い掛け様子を覗くと、そこでは日本人や朝鮮人に交じって、日頃自分達が奴隷扱いしている南越人も清国人も、夢中になって握り飯に食らいつき味噌汁を啜っていた。驚いた船員は、ポーツ号に駆け戻り船長とジョンに報告した。船長は驚いた後「奴隷を甘やかせては癖になる」とでも思ったのか渋面を作ったが、ジョンは別に驚きもせず愉快そうに大きな笑い声を上げ、彼らに任せろと言う代わりに船長と船員の肩を叩いた。重輔はレイカに命じて、早朝から磯川筋や朝鮮川の女達に三斗五升分の握り飯と、大釜三杯の味噌汁を用意させていた。荷役の重労働を考え、普段よりも多めに用意してあったし、ポーツ号の苦力達の余りの食いっぷりを見た女達が遠慮したので十分に行き渡った。日頃碌な物が与えられず、やせ細った苦力たちは大いに食い、僅かに砂糖を溶かし込んだ湯を、歓声を上げながら貪るように飲んだ。そして午後の作業は午前中のそれとは一変した。やるべきことを重輔が紅白の旗で示すと、大声を上げる訳でも無いのに、南越人も清国人も嘘のように素直に従い良く働く。更に重輔は彼らの動きを横目で見ながら、自分の連れてきた日本人や朝鮮人にも旗を使って無駄なく指図する。ジョンはその有様を眺めながら「この男なら、英国陸軍の遠征軍司令官でも務まるかも知れない」と漠然と思い、それを傍にいるポーツ号の船長に呟いた。船長は首を振り苦い表情を浮かべたが否定はしなかった。船長には極東アジアの小さな島国に、そんな見事な男が居ることが俄かには信じられなかったのだ。夕日が沈む頃には、ポーツ号の荷の半分程は対州屋の倉庫に収まった。そして三日で全ての荷役作業は終了した。五日や六日は掛かるだろうと考えていたポーツ号の英国人船員たちは、旗振り役の重輔を激賞して彼を讃えた。荷を積み終えたジェラルド・ポーツ号は進路を西に取り上海を目指して出港し、兵介丸は彼方南の江崎浦に向かって島を離れた。

十二

重輔と謙介が江崎浦と磯竹島を舞台に、着々と抜荷の形を造り上げつつあった天保十一年から十三年にかけて、清風は「量入為出の法」と称する令を発し、強引にして苛烈なまでの倹約・節約を領内士庶に求め、令に反する者は容赦無く取り締まった。藩要路の者達に取り入り、領内物産の取り扱いを独占して巨利を得ていた御用商人には格別厳しかった。商人が驕奢を誇って豪華な屋敷や蔵を新築していると聞き込めば、人足を差し向けて打ち壊し、大商人達が仲間内で結託して、藩札の取引相場を操作していると知ると、直ちに彼らの持っている藩札を没収して焼き捨て、法に反した御用商人からは遠慮会釈なく藩御用達資格を召し上げる……藩主敬親の絶対的な信頼を受けた清風の倹約令は、江戸藩邸奥向きにまで及んだ。大名江戸屋敷の奥向きの生活は、どの家も国元の事情など顧みることなく「お家」の名誉であると唱えて、各家争って豪華絢爛たるを争う有様だった。財政逼迫して破綻の危機に瀕した長州・毛利家江戸藩邸大奥も例外では無い。清風以前にも藩政改革を担って倹約令を発し実行した者は幾人も居たが、誰一人として江戸藩邸大奥の驕奢に手を着けた者はいない。しかし清風は「オウドウモノ」の本領を発揮し、当然であると言わんばかりに、聖域とされてきた大奥用銀を半減し、大奥詰め女子の絹を廃して木綿とすべしと令した。十代藩主斉熙の未亡人法鏡院などは

「奥を愚弄し、わらわに木綿服など無礼千万。あの者、今後目通り許さぬ」と大いに怒りを発したと伝えられている。藩の支出を徹底的に切り詰める一方で、これまで以上に豪農・豪商から上納金を厳しく徴収し、時代遅れで御用商人ばかりが得をする仕掛けの領内物産の専売制を廃し、自由商いを許可して運上金収入の増加を謀った。更に馬関の越荷方を拡充して馬関物産総会所を設け、大坂・江戸相場と地方相場を睨んだ物産流通事業や、撫育方の資金を借りての金融事業に乗り出し莫大な成果を上げた。清風はこれらを通して交易商売で上がる利の大きさを改めて思い知る。この頃、表高三十六万九千石の長州藩の現金収入は、いくら領内を絞り上げても僅かに年間銀四千貫にしか過ぎない。ところが馬関の物産総会所で得られる運用益は年に銀三千貫以上にも達したのである。諸説あるが、天保九年から清風が退任する天保十四年までの五年間に、三万貫の借銀を返済したとの凄まじい記録も残されている。藩の一般会計から独立した特別会計を持つ撫育方には、過去の投資案件から上がる利を新田開発や塩田開発、海産物製造や農産品開発……と新規事業に再投資させた。お家の非常時を理由に、定めを破って一般会計に繰り入れられたこともある撫育方資金が、再び流用されることが無いように、清風は腹心の長井与之助を隠し目付にして運用を監視し、どのような名目であろうと一般会計への繰り入れを厳しく禁じ決して許さなかった。撫育方資金の使途については清風に思いがある。彼は撫育方の生み出す金と、抜荷で得る金の全てを、長州藩の教育改革や講武復興・兵制改革に充てると決めていたのだ。

天保十三年夏、磯竹島から江崎浦に帰ったばかりの謙介は、世話になった醤油屋前主人の新盆を名目に萩城下を訪れ、その夜秘かに清風役宅に入った。清風の傍には長井与之助が控えていた。

「謙介、火急の儀とは何じゃ？」

双眸に満腔の力を込めて清風が問う。六十を越している筈だが衰えは無い。

「清風殿、お聞きください……」

謙介は、英国マジソン商会・上海支配人のジョンに、金銀交換を持ち掛けられた仔細を説明した。

大まかに言えばこの当時、日本国内の貨幣としての金貨と銀貨の交換相場は金一に対して銀十だった。これに対し、国際的な貴金属としての交換相場では、金一は銀十五に相当していた。例えれば、日本で銀十貫を金一貫に換え、上海に持ち込んで、金一貫を銀十五貫に交換して日本に持ち帰れば、それだけで忽ち銀五貫の利が出る理屈になる。鎖国という定めさえ無視してしまえば、嘘のように簡単な錬金術が有ったのだ。後年、日本が諸外国の圧力に屈して開国した後、多くの外国商人がそこにつけこんで、安い銀を対価に日本から金を吸い上げ莫大な利を上げている。

そもそも徳川幕政下の日本国の通貨は三本建てだった。金貨、銀貨、銅貨である。夫々の通貨は両替比率が御定相場として幕府に依って定められ、天保の頃で言えば天保小判一両は銀貨（天保丁銀）六十匁、それに相当するのが銅貨六千文（六貫文）とされていた。しかし公定比率は有っても、実際の金銀両替取引は相場で行われ、江戸や大坂には両替商や金融業を営み、相場を操作して莫大な利を稼ぐ大商人が出現した。更にややこしいことに、大名の領国経営の基盤となる米が通貨同様の扱いでこれに加わる。当然幕府も諸外国に比べ日本の金に対する銀の価値が異常に高いと知ってはいたが、金貨銀貨の価値を大幅に変えた場合の混乱を恐れた。結局、鎖国が守られている限り大きな影響は無い、として何も手は打たれず放置されていた。ところが、重輔達を通じて日本や日本人達に興味を持ったジョンは、上海で日本の事情をつぶさに調べるうちに金銀交換相場の異常さを知り、上海で調達した日本銀貨を、日本で調達した日本金貨に換えれば、莫大な利益が上がると思い付き、信頼できると見込んだ謙介と組んで、それをやろうと考え、天保十三年六月の二回目の抜荷交易の時に企てを持ち込んだのだ。理屈は判ったし願ってもない話では有ったが、謙介には元手になる金（両）が無い。江崎浦に戻った謙介は名目を立てて萩城下を訪れ、秘かに清風に相談に来たのだ。

黙って謙介の話を聞いていた清風が、静かに頷いて傍に座る長井与之助に問い掛けた。

「撫育方に遊んでおる銀は、いかほど有る？」

「蓄え分を省けば現銀と銀札に為替、取り交ぜて馬関に八百六十、三田尻に二百八十、大坂蔵屋敷に六百四十貫ほど……合わせて千七百八十貫ございます。今、次はどこに投げ銭（投資）を打つか、思案しておる最中と聞いております」

与之助が静かに答えるのを受けて清風が微笑んで言った。声に弾みがある。

「ふむ……ならば与之助、馬関から三百貫ほど出して充ててみよう。どうじゃ謙介それくらいで間に合うか？」

「三百貫といえば五千両……これを上海相場で銀に換えれば、悪くても四百五十貫になると目論めます。利は先方と折半の約定でありますので、我らの取り分は七十五貫。割りの良い交易が出来ましょう。初回でありますので取り敢えずはそれで」

「そうよな、与之助、直ぐに三百貫払い出しの体裁を整え、小判に両替して謙介に渡せ」

「承知いたしました。謙介殿、仔細は我ら二人で申し合わせをいたしましょう」

若い二人の遣り取りを頼もしそうに黙って聞きながら、清風は別のことを考えていた。
「既に藩の一般会計は収支均衡し、借銀の返済もほぼ目途がついた。撫育方会計も抜荷の利が望外に上って順調に金が積み上がり始めておる。そろそろ藩士領民の文武隆興の策に手を付ける潮時じゃな……」

清風は前年の天保十二年春、怠惰に緩み切った藩士達の暮らしぶりを憂慮し、藩の剣術師範、新陰流・内藤作兵衛と武道復興を語り合い、藩を挙げての観閲大操練を計画して、藩主敬親に「文武隆興の策」を上書し、内諾を得て様々な準備を進めている最中だった。無骨一辺倒の内藤作兵衛などは喜び勇んで城下を駆け回り、大操練の挙行を力説して回っていた。しかし、藩挙げての大操練となると想像を絶する金が掛かる。敬親の許可を得ながらも、その金が用意できず実施は延び延びになっていた。そして今、大操練立案から一年以上をかけて、漸く運営資金捻出の目途が立ったのだ。清風は藩主敬親の名を借りて「天保十四年四月、萩藩毛利宗家の総力を挙げて大操練を敢行する。家中諸氏、上下問わず、揃って準備万端整えるべし」と布告した。太平の世に武士の本分を忘れ、安逸をむさぼっていた藩士達は驚き慌て、毛利家門閥一門や重臣達は勿論のこと、軽格・足軽の家々までも、出陣準備の為に走り回り、領内は上を下への大騒動だったと伝えられている。

その長州領内大騒動を尻目に、天保十三年晩秋、謙介の乗る兵介丸が磯竹島に接岸した。船には天保小判が五千両と、長州産の銅、刀剣、樟脳、葉煙草、醤油、和紙に磯竹島で費やす米・醤油・酒・雑貨類を満載していた。謙介は昆布に焼き物、塗り物の類いの扱いは、他藩に金が落ちるばかりで、長州に利が薄いと判断してこの時には止めている。小判は、長井与之助が撫育方頭人の井上百合之丞と謀り、大胆にも幕府勘定方一時用立て金と大嘘の名目を立て、撫育方余剰資金を大坂蔵屋敷から銀立て為替で江戸に送り、江戸藩邸で金立て為替に換え、幕府勘定方用立て分返済金として大坂に送り返し、大坂の両替商で金（両）で受け出した物だった。ちなみにこの当時、江戸大坂の間では書付為替で決済する仕組みが既に整えられている。謙介から日本国内と西洋諸国の貴金属としての金銀相場の違いを教えられた長井は、将来を見越し機敏にもこの頃から撫育方に蓄えていた銀を、目立たないように金貨（両）に換え初めている。同時に抜荷で上がる莫大な利の出所を眩ますために、藩勘定方の、知恵の足りない小役人を唆し「藩祖元就様の隠し金が、萩城内指月山某所で見つかった」との噂を広めさせた。すると忽ち話に尾ひれがつき「その額、古金で数十万両」とか「見つかったのは純な金塊、数百貫」「その金は藩主敬親公が厳重に管理されておって口外無用の秘密らしい」なぞと藩士達は噂し合った。迂闊にも一門・重臣達の中には、噂を信じ敬親に倹約令や馳走米の見直しを献策する者まで現れたが、敬親は薄く微笑むだけで「元就公の隠し金」が有るとも無いとも決して答えず、倹約令を見直すとも言わなかった。

清風の策だった。藩財政立て直しの方便として企図した抜荷が思いもしなかった方向に発展し、重輔は李氏朝鮮が我領土と主張している磯竹島を、領するが如くに差配して多量の俵物を産し、謙介は謙介で内外金銀相場の違いに目を付け、英国商会と結託して日本国の金（天保小判）を持ち出し、銀（天保丁銀）に換えて持ち帰り、長州に莫大な利をもたらそうとしている。この当時で言えば、例えようのない恐ろしい程の大罪である。これらの一部でも発覚すれば、幕府は容赦なく厳罰を下すで有ろうことは明白だった。清風の思いでは、仮に磯竹島の一件が露見した場合には、江崎浦庄屋中本幸兵衛と兵庫屋謙介を、抜荷首謀者として長州藩が早々に捕縛処断し、藩政責任者として清風が腹を切ってしまえば後は藪の中……幕府は李氏朝鮮に外交を通じて磯竹島で何が行われていたのか調査を依頼するだろうが、無視されるのが落ちだろうし、浪人の小谷重輔と木下喜八は姿を暗ませばそれまでのこと。そうなれば長州藩関係者で抜荷の全体像を知るのは、清風腹心の長井与之助と藩主敬親だけだった。二人が口を割るとは思えないし、金銀交換の件は、英国商会が幕府の調べに応じる筈も無く、実態が暴かれる気遣いは無用だろう。しかし問題が一つ有った。現実に撫育方の金蔵に積み上がる金である。いくら撫育方に優秀で志操堅固な者ばかりを集め、内情を口外するなと厳しく締め付け、業務の上で横の繋がりを無くして全体像が判らない仕組みにしてあっても、出処の判らない大金が降って湧いたように金蔵に積み上がれば不審を抱く者も居るであろうし、吹聴口外する者が出ないとも限らない。それを恐れた清風は万が一の担保のつもりで、有りもしない「元就公の隠し金」の噂を広めさせたのだ。そうすれば、撫育資金の急増に疑念を抱いても、愚者は隠し金を信じ込み、賢者は「見ざる聞かざる言わざる」の秘密事項であると気付く筈だった。もし幕府が、長州の撫育資金（裏金）の急増を嗅ぎ付け、難癖をつけて追及してくれば「藩祖・毛利元就公が中国六か国から防長二州に移られ、幕府の許可を得て萩に築城された折に、それまで蓄えておられた金を城内指月山某所に埋め隠され、有り難くも去る天保十二年の大雨で山が崩れた際に現れたもので、一時は我が手許金としていたが、お家の財政危急に鑑みて、順次払い出して撫育資金に繰り入れて運用しておる。何か問題がござるか」と敬親をして開き直って突っぱねさせる下地作りでもあった。

天保十三年十一月二日、「ジェラルド・ポーツ号」が三度目の抜荷交易に磯竹島にやって来た。マジソン商会上海支配人のジョンは、謙介との約束通り上海で調達した多額の天保丁銀を積み込んでいる。謙介が磯竹島に持ってきているのは天保小判で五千両。天保小判の品位は金五割七分に銀四割三分だった。一両は三匁なので五千両の総重量は十五貫（56・25Kg）となる。貴金属として打ち分ければ、金は八貫五百五十匁、銀が六貫四百五十匁含まれていることになる。幕政下の日本国内での基本的な流通貨幣としての金貨銀貨交換相場は天保小判一両が天保丁銀で六十匁。つまり五千両の小判を三百貫（675Kg）の丁銀と交換できた。しかし天保丁銀の品位は、銀が二割六分含まれているに過ぎず、残りは銅なのである。三百貫の丁銀に銀は七十八貫しか含まれていないのだ。相場変動や交換手数料を無視して大雑把に言えば、七十八貫（292・5Kg）の銀で、八貫五百匁（31・9Kg）の金と六貫四百五十匁（24・2Kg）の銀と交換できるということになり、貴金属としての交換相場から見れば一対九ほどにしかならない。ところが当時の金銀交換の国際相場は概ね一対十五だった。

ジョンと謙介は、その差を利用して利を上げようと目論んでいたのだ。この時謙介が天保丁銀三百貫で調達して持ち込んだ五千両の天保小判は、ジョンが上海の商人仲間から国際相場で手に入れた天保丁銀と交換すれば五百貫に化け、この取引で上がる利は銀二百貫となる。謙介とジョンは金銀交換で上がる利は折半とする約定を結んでいる。謙介は四百貫の天保丁銀を長州に持ち帰り、ジョンは五千両の小判を上海に運んだ。三回目の抜荷で兵介丸が江崎浦に持ち帰った交易品の売り値総額は、銀四百七十三貫に及ぶ。それに要したのは磯竹島の経営に必要な米や、対州屋の口銭を含めても百二十貫程で利は三百五十三貫。金銀交換の利百貫と合わせれば四百五十三貫（七千五百両）もの莫大な額を一度の抜荷で稼いだことになる。年に二回、英国マジソン商会との交易を行えば、謙介の目標とした、抜荷で年五百貫の利を得るという目標を大きく上回ることが可能であると見通しが立った。

十三

天保十四年四月一日、長州藩毛利宗家の御前大操練が萩城下郊外の羽賀台を舞台に決行された。繰り出した将兵の数一万五千人、馬匹《ばひつ》五百余頭……陣立ては前備・一番備・二番備・三番備・藩主敬親率いる旗本備。そして左右備には鉄砲隊・弓隊、軍配は北条流。清風は緋縅の鎧に身を固め、大組三十七人衆を引き連れて旗本備で敬親に持していた。この日未明から北条流ほら貝が山野に轟渡り、鬨の声や陣太鼓が鳴り響き、人馬一体となった実戦さながらの操練が二日間に渡って挙行された。馬上に在って操練を観閲した敬親は、山野を駆け回る長州武士達の勇ましくも高揚した意気を感じると、大きく頷いて満足の意を表し清風に言った。

「見よ、四朗左衛門。我が家の者共、見事ではないか……」

「仰せの通り、大操練は大成功でござりました。しかしながら、拙者には今日の陣立て張り子の虎とも見えまする。清国の例に思えば、このままでは我長州も幕府も、西洋の国々の恐ろしい程の武威の前にはひとたまりも有りますまい……今こそ藩士庶民の別なく文武を興し、長州は勿論のこと……日本国の富国強兵の策を推し進めねばなりませぬ」

敬親は清風の面上に双眸をくれた後、遠くを眺めたまま黙っていたが、暫くして大きく頷いて力強く言い切った。

「うむ。そうせい……」

清風がこの時、長州藩主敬親に語った「富国強兵の策」は紆余曲折を経ながらも、その後の長州藩藩政と政略的行動の大原則となり、維新成立後の明治日本国家にまで引き継がれる。吉田松陰の尊王攘夷論や草莽《そうもう》崛起《くつき》論も、高杉晋作の奇兵隊創設や藩内クーデター、長州割拠論も、大村益次郎の軍制近代化・徴兵論も、桂小五郎の尊王討幕開国論も、明治政府の急進的な欧化政策や帝国主義の採用も、全ては西洋列強の脅威から日本の独立を守るための富国強兵を果たす手段に過ぎない。この日、その大原則を清風が唱え、敬親が理解を示し同意したのだ。やがて長州藩は、この大原則に則って幕末の動乱に身を投じ、防長二州を焼き尽くす程の大きな犠牲を払いながらも新国家の樹立に邁進し、維新成ると新生日本国に数多の人材を輩出して貢献することとなる。大操練の成功を見た清風は、各宰判代官や給地領主に郷塾の設置促進の通達を発し、村々に居住する浪人や、僧侶、神官、武家隠居達に、家塾を開いて近郷近在の子供達に身分に関わらず学問を教えよと奨励した。これは毛利宗家当主・敬親の命として、清末・長府・厚狭《あさ》・徳山などの支藩はもとより、岩国・吉川家にも厳しく通達された。その結果、長州藩内の津々浦々に塾や寺子屋が次々に開かれた。証拠は残されていないが、開塾者には撫育方から多少の報奨米も支給されたと思われる。又、領外から剣・槍・弓などの武芸者を呼び集め、若い藩士達の指導に当たらせた。清風念願の長州藩士庶の教育改革や講武復興が始まったのである。清風自身も在所の三隅村に尊聖堂と称する郷塾を建て、身分に関わらず近郷の青少年達に書を読ませ、剣槍を錬磨させて教導した。やがて、様々な所で薫陶を受けた、身分を持たない子供達が青年期に達した頃に、幕末の動乱期を迎え、長門・周防の草深い大田舎の山河や磯臭い海辺から、有為の青年達が群がり出て国事に身を投じたのは、大操練を契機として長州に覚醒した、士庶の別なく行われた一連の人材育成の効果に負うところが大きい。

更に清風は「三十七カ年賦皆済仕法《ぶかいさいしほう》」を布告した。当時、長州藩士の殆どが商人からの借金を抱え、その総額は〆て三万五千貫に達していたと記録されている。彼の発した「三十七カ年賦皆済仕法」とは、借銀一貫目に対し銀三十匁を三十七年間仕払えば元利完済するとした法で、藩士の返済分は強制的に俸禄から差し引いて商人に支払った上で、藩士達には以降の借銀の一切禁止を通達した。この仕法に依って、藩士は俸禄から返済金を天引きされた上、新たな借金が出来なくなった為に、前にも増して切り詰めた生活を余儀なくされ、貸し手側の商人達も貸金を棚上げされた揚句に、新たな貸出も出来なくなって大きな痛手を受け、領内が清風への怨嗟で覆われた。改革は性急過ぎたのだ。これまで藩の苦境も顧みず富裕を誇っていた重臣、役向きの藩士、豪農、豪商だけならまだしも、藩士や小商人に至るまで、清風の凄まじくも厳しい財政改革に鬱積した不満を溜め込んでいた。それに火を着けたのは、天保十四年九月の十代藩主斉熙・末亡人法鏡院の萩帰国だった。節約・倹約令で綿服の着用を求められた法鏡院は、清風を蛇蝎の如く忌み嫌っている。帰国した彼女は、十代藩主未亡人の権威を振りかざし、藩政に疎く志の薄い一門や藩重臣達を叱咤して清風排除を様々に画策した。叱責され唆された重臣達は予て懇意の藩御用の商人達を使って、藩庁役人に清風の非道無情と自分達の苦境を声高に訴えさせ、その動きに呼応して一部の藩士達も様々に苦情を申し立て騒ぎ始めた。

清風を首班とした長州藩政府に坪井九右衛門という男が居る。彼もまた明倫館出身の秀才で、江戸方右筆から同相談人兼手元役を歴任した後、萩に戻り、清風の改革思想に同調して藩政改革の中枢を担っていた。しかし清風は、坪井には撫育方の秘密会計の中身や、抜荷の件については決して明かさなかった。彼にどんな思いが有ったのか知る由も無いが、清風が評価する坪井という男は学才有るも、気薄いということなのかもしれない。要するに長州言葉で言う「オウドウモノ」に徹し切れない弱さが有ると見ていたのだろう。

その男が法鏡院に叱られ、重臣達に苦情を言われ、藩士や御用商人達に非難されて動揺した。長井は、それを清風に愚痴としてこぼした。すると意外にも清風はあっさりと自ら退陣し後を坪井に託すと言った。清風には考えが有る。窮乏を脱する為の救急の策とはいえ、これまで取ってきた余りにも厳しい財政改革に、藩士領民達は悲鳴を上げ怨嗟の声は領内に満ちている。このまま放置すれば、清風の究極の目的とする「富国強兵の策」に必要不可欠な、長州藩士庶民達の団結が損なわれる。藩財政再建の目途も大凡つき、教育改革や講武復興も動き始めた今、多少手綱を緩める時期に来ていると見たのだ。しかし、これまで自分の取ってきた政策との整合上、清風自身がそれをやる訳にはいかない。が、もし罷免の形で藩庁から出てしまえば影響力は決定的に失われる。そうなればこれまでの改革の成果は全く失われ、元の木阿弥に戻ってしまうかも知れない。清風は自分の辞職の理由を探した。万人の納得する上手い理由が見つかった。これまで北国や九州の物産は、幕府の政策誘導で大坂に一旦集まり、相場が付いて全国に流通していたのだが、大坂への北前航路や九州航路の要衝である長州藩領・馬関に、清風の主導した馬関物産総会所が開設されると、大坂の物産取扱量が激減し、商機を奪われた豪商達が幕府を通じて長州に厳しく苦情を申し立ててきたのだ。

天保十五年（弘化元年）六月、清風は腹の底では笑いながらも「迷惑を掛け申した。拙者、身を引いてお詫び申し上げまする」としてさっさと辞職した。清風の真意を知っている藩主敬親は辞職を申し出た清風に、いとも簡単に「左様か……そうせい」とだけ答え受け入れた。長州が恭順の意を示し、責任者の藩家老・地江戸仕組掛・村田四朗左衛門が辞職して詫びることで、幕府の面目は形式的には保たれたが、馬関を利用した交易に大きな利便性を見出した商人達は何かと抜け道を見つけ、再び大坂で利の薄い商いに戻る筈は無かった。自然、この問題は時間の経過と共に済し崩しにされた。清風の辞任を知って驚いた中本幸兵衛は、三隅の自宅に隠棲する清風を訪ねた。訪れたのは人目を憚って夜更けだった。

「清風殿……辞任なされて藩要路から身を引かれたとのこと。まだまだ道半ば、さぞ御無念でございましょう」

「いやいや……幸兵衛殿これも策。締めてばかりおっても人は動かせぬ。締めて締め上げて、緩めて締めてじゃ。そのうちに心底締まった者共が出てくる。そうは思われぬか」

そう言われても合点のいかない幸兵衛は不審を表情に浮かべた。それに気づいた清風はこれまで見せたことの無い程の優しい笑顔で言った。

「ワシは藩庁から身を引いたとはいえ、お殿様にはいってもお目見え出来るし、かの長井与之助は殿様直々の撫育方目付のままじゃ。重輔と謙介にはこれまで通り役儀を続けてもらえば良い。それに端役ではあるが、ワシらと志を同じくする周布《すふ》政之助という男を藩庁に押し込んである。この男、若いが見どころが有る……いずれ長井と共に、長州を背負う人材じゃ。後の心配は無用。坪井にも椋梨藤《むくなしとう》太《た》と申す切れ者が付いておる。椋梨はワシには親炙《しんしゃ》せぬが、坪井に取り返しのつかないような馬鹿はやらせぬ筈じゃ」

この夜清風は自らの富国強兵の思想を、疲れも見せず夜を徹して中本幸兵衛に語って尽きることが無かったという。

祐筆に任ぜられ、清風の去った長州藩政の首班を担うことになった坪井九右衛門は、清風の読み通りの甘さと弱さを露呈した。一部の重臣や藩士、領内の御用商人達の申し立てる様々な苦情に抗しきれず、彼らに迎合して清風の財政改革を否定し反故にする政策を次々に打ち出した。借主の藩士からも貸主の商人からも怨嗟の的だった「三十七カ年賦皆済仕法」を廃し、新たに「公内借捌仕法《こうないしゃくはっしほう》」を公布施行した。この仕法は藩士の借金三万五千貫を藩が立て替えて貸主に一括して支払うというもので、これが布告されると城下の藩士も商人も喜びに沸き立ったと伝えられている。ところが、借金を棒引きにされても多くの藩士の懐具合が良くなるわけでも無いし、藩の財政は増々悪くなるだけでしかない。しかし、窮乏の中で僅かの光明を見出したと浮足立った藩士達は、徒党を組んで清風の布《し》いた借金禁止令の停止を強く坪井に申し入れた。その凄まじいまでの圧力に屈した坪井は、やむなく「八個一の仕法」を出し、藩士達に禄高の八分の一までの借金を許した。元の木阿弥である。藩士達は争って借金を重ね、忽ち以前と同じ状況に陥った。藩財政も「公内借捌仕法」の施行や、倹約・節約令の済し崩し的な緩和、様々な理屈を設けての運上金・馳走米の徴収免除などで急速に悪化し、結局、大坂の豪商達から高利で多額の借銀を重ねるしか首が回らなくなった。今で言うポピュリズム（大衆迎合主義）的な藩政運営を重ねた揚句の果てに行き詰まり、自らの能力を遥かに越える現実の厳しさに窮した坪井は、撫育資金の一時流用を画策して乗り切ろうとするが、清風の腹心で撫育方目付の長井与之助に手厳しく撥ね付けられて万策尽き、意を決して、撫育資金流用を藩主敬親に直訴したが、無言で拒否されたと伝えられている。弘化四年（１８４７年）、弛緩した政策を繰り返し再び藩財政を危機に陥れた坪井九右衛門は、その責を問われて免職され蟄居が申し渡された。

再び危機に瀕した長州を立て直すべく、藩主敬親の命により藩政に復帰した清風は、坪井派の椋梨藤太を首班に据え、自らは非公式ながらも藩政全般を総覧助言する立場に立った。この時、清風が自ら政権を担わなかったのは、坪井の政策で諸事緩み切った藩内が、清風流の性急にして厳しい施策に耐えられないと見たからだった。言わば、穏健な坪井流から急進的な清風流への変更猶予期間を設けたのである。だが清風に抜け目は無い。この時、腹心ともいえる周布政之助を要職の明倫館都講として登用し、将来への布石を打っている。周布は清風の目論見通りの力量を発揮し、三年後の嘉永四年（１８５１）には政務役に大抜擢されて藩政に参画し、嘉永六年には政務役筆頭として藩政を主導する。やがて維新直前の大混乱期に至ると、正義派（清風派）と俗論派（椋梨派）は、藩政主導権を巡って血で血を洗う凄まじい抗争を繰り拡げ、主導権を握った正義派が京都を舞台とした朝廷工作に失敗し、挽回を期して軍勢を送り込んだ挙句、京都御所・蛤御門で幕府方の薩摩・会津連合軍に敗れて壊乱敗走し、朝敵とされて、懲罰（第一次長州征伐）を受けることになると俄かに俗論派が台頭し、幕府に恭順の意を示して事態を収拾しようとするが、それに大反発した正義派・高杉晋作の馬関・功山寺挙兵クーデターに依って俗論派は追放され、長州藩論は「武備恭順・勤皇討幕」に統一される。決死の覚悟で防備を固めた長州藩は、第二次長州征伐令を受けて四境に迫る幕府軍を撃退して徳川幕府の非力を天下に示し、ついには怨敵ともいえる薩摩と同盟して、徳川幕府を倒し、更には明治新政府の樹立と運営に重要な役割を担うこととなる。

嘉永元年（1848年）、清風は椋梨率いる藩政府が、坪井流の弛緩した政策を徐々に清風流に誘導していくのを横目で見ながら、悲願ともいえる人材育成事業の総仕上げとして、藩主敬親に明倫館再興を上申し、内諾を得て自ら明倫館再興掛に就任すると、長年に渡って練り上げてきた明倫館再建計画に着手した。城下中心部の広大な敷地に大規模な学舎に武道場、水練池、演習場に寄宿舎を新たに設け、更にはこれまで士分以上の子弟で無ければ入館できないという慣例を廃し、下士身分の者や陪臣足軽・軽格・郷士はもちろん、百姓町人であっても優秀な人材であれば受け入れ、学科も数学・洋学・医学などを新たに取り入れるという画期的な大構想で、この当時天下・等の大学館と喧伝されていた水戸の弘道館、会津の日新館、伊勢の有造館なぞに比肩しうる壮大な規模だった。その構想実現に必要な莫大な資金は、これまで抜荷で稼ぎ出し撫育方に秘匿してあった秘密資金を、藩主敬親の手許金名目で払い出して充てられた。しかし多額の費用を惜しみ「そんな金があるなら、藩士・領民の馳走を少しでも軽くするのが治者の務めである」と唱え徒党を組んで藩庁に申し入れる者。「足軽・小物・百姓町人を明倫館に入れるなぞ以ての外。人には分というものがある。そこを崩してしまえばお家の乱れる種を蒔くような物じゃ」と藩主敬親に血相を変えて直談判する老重臣達。町人や百姓達の中にも「鼻血も出んほどに絞りあげて倹約せいと喧しいくせに、大金掛けて新しい学問所を創るとは……馬鹿にするにも程が有る」と騒ぎ回る者も居たというが、敬親と清風は一切の動揺を見せることもなく強力に事業を推し進めた。事業途上で清風が病に倒れ、役を辞すという事態が起こったが、彼は在所の三隅で療養しながらも敬親の求めに応じ、杖を突いて登城して藩庁を督励したと伝わっている。そして嘉永二年（１８４９年）新明倫館は竣工し、以後、長州藩の新たな最高教育機関としての役割を担い、数多の人材を輩出し明治維新の成就とその後の新国家建設に貢献することになる。病に倒れながらも明倫館再興を果たし終えた齢六十七歳の清風は、三隅の自宅に隠棲し、尊聖堂で近郷近在の青少年に文武を教授して人材育成に務めながら、自らの経験や思いを詩文や著書にして纏め、時折登城して藩主敬親はもとより藩政に参与する者達の啓蒙教導に務めて日々を過ごす。

十四

嘉永五年（１８５３年）九月五日早朝から六日夜半にかけて、長州藩を凄まじい暴風雨（台風）が通過し、領内各所に被害をもたらせた。幸いにも、この頃に至ると清風の主導した改革の成果として、藩財政は十分な蓄えと余力を備え、能力を認められて登用された優秀な藩官僚や地役人達が、様々な持ち場で事態収拾に挺身することで、被災領民の救済や被害復旧は迅速を極めた。江崎浦にも多少の被害が出たが、この時「熨斗の内」棟梁格だった中本幸兵衛は既に亡く、地役人と共に被害復旧に尽力したのは兵庫屋謙介こと西尾謙介だった。彼は被災民救済の目途をおおよそ付けた後、十月下旬に予定している抜荷の貨物検分に忙しい日々を過ごしていた。そんな或る日の朝、江崎湾に一艘の三十石船が入津し、兵庫屋の船着き場に接岸して二人の男が降り立ち、何事かと驚いて倉庫から飛び出した兵庫屋の手代にこう問い掛けた。

「小谷重輔と申す者……謙介に火急の用がある。今どこに居る」

威に押された手代は慌てた様子で「主人は屋敷に居ります」と答えた。突然、兵庫屋に現れた重輔と半十に驚いた謙介が理由を問うと、磯竹島が大暴風雨に襲われ壊滅的な被害を受け、善後策を相談する為に急ぎ江崎浦に戻ってきたと答えた。

「うむ……それでレイカ殿や子供達はいかがいたした。無事か」

「我が家の者は大事ない。だが朝鮮川も磯川筋も山津波に呑まれて壊滅じゃ……対州屋は倉庫が全部流され、屋敷は二棟ばかり残ってはいるが、屋根を飛ばされてあばら家同然。浜に設えた設備道具も船も一切合切、大浪にさらわれ土砂に押し流されて何一つ残っていない」

「お主の乗って戻った船は……」

「あれは釜山に渡っていて、嵐を免れて島に戻ってきた対州屋の船だ。もう一艘、朝鮮ニンジンを仕入れに行っていた船が島に戻ってこない……上手く嵐を避けてくれておれば良いが、島に戻る途中で嵐に遭って難破したのだろう。帰島期日を十日以上過ぎても戻ってきていない。手代に船頭船子、対州屋の者が七人乗っていたのだが可哀想なことをした」

長州藩領を通過した台風は勢力を強めながら日本海を北上し、九月八日夕刻から磯竹島は大暴風雨に襲われた。この日、正午前、磯でアワビ漁に精を出していた半十と長介が浜屋敷に駆け戻り「重輔様、風が巻いておりますし海の様子がおかしくなって参りました。雲行きも何やら妖しい……大嵐が来るかもしれません」

二人の様子が尋常でないことに気付いた重輔が浜屋敷の船着き場に出てみると、南東からの妙に生暖かい風が強く吹き付けていた。海には白波が立ち、磯川筋に繋がる岩礁地帯には大波が打ち上がっているのが望めた。見渡す限りの水平線の向こうは、不気味な真っ黒く高く厚い雲に覆い尽くされ、雲の上空は夕焼けのように真っ赤に染まっているのだが、重輔の居る磯竹島の空は抜けるような青空だった。確かに尋常では無い。

「皆はもう海から上げたのか」

「はい、陸に上げて船を引き揚げさせました。今は作業小屋を畳んだり、道具類を小高い所に移しております」

「そうか……朝鮮川の者共はまだ海に居るかも知れぬな。長介、ご苦労だがオクにこのことを知らせて備えるように伝えよ。半十は磯川筋に行って嵐が来ると知らせて備えを手伝え」

浜屋敷に戻った重輔は幼子二人の世話に忙しいレイカに声を掛けた。

「レイカ、大嵐が近づいておる。大事ないとは思うが備えなければならん。長介と半十の嫁御に声を掛けて一緒に飯を炊き、水を汲んできておいてくれ」

この時、対州屋浜屋敷に居たのは重輔夫婦に六歳の長男と三歳の次男、半十夫婦、長介夫婦と二歳の女子。対州屋の壮齢の男達は、朝鮮本土や釜山で、次回抜荷の段取りをつけている最中で、残っているのは老人と女子供ばかりだった。彼らが浜屋敷の中でも造りの一番強固な屋敷に集まり、不安な夜を過ごしていた夜半頃、それまでの雨音風音とは違った地鳴りのような凄まじい轟音がとどろいて屋敷が激しく揺れ、次の瞬間には屋根が飛ばされ、一部の壁が倒壊して何人かが下敷きになったが、直ぐに助け出して怪我人は出なかった。重輔が外の様子を見ようとしても、叩き付ける暴風雨と暗闇で何が如何なっているのか見当も付かず、唯々ゴーゴーと水が激しく暴れ流れる音に交じって、時折ドーンドーンと何かが壊れぶつかり合う不気味な音が耳を打つ。屋根が飛ばされ壁が壊されて激しい風雨に曝されても、何処にも逃げ場は無く、皆で身を寄せ合って耐えるしかなかった。しかし夜が明ける頃には風も雨も急激に弱まり青空も見え始めた。

夜が明けて重輔が見たのは対州屋浜屋敷の無残な姿だった。六棟あった屋敷の内三棟は倒壊して瓦礫だけが散乱し、一棟は土砂に埋まった柱だけが残されている。残った二棟も屋根は吹き飛ばされ壁が崩れて傾いていた。三棟在った倉庫の辺りは、山から流れ落ちる泥水が地を穿《うが》って新たに川を造り、倉庫を押し流した真っ茶色の泥水がゴウゴウと凄まじい勢いで流れていた。倉庫横の小高い丘は抉られたように崩れ落ち、そこに在った筈の墓地は跡形も無い。嘉永元年から嘉永三年にかけて相次いで亡くなり、ここに葬られていた対州屋伊之助や尾木勘蔵に乙吉の墓石もみんな濁流に流され何一つ残っていなかった。余りの惨状に誰一人声も出ず茫然としている中で、声を励ました重輔がレイカに命じた。

「レイカ、皆に昨日炊いた飯を食わせろ。何事もそれから考えようではないか」

レイカが弾かれたように、押し入れから布団にくるんだ釜を三つ取り出して半十と長介の嫁と一緒に握り飯にして皆に配る。握り飯を頬張りながら重輔は、この事態を如何に乗り切るかを考えていた。

「半十、お主は磯川筋と作業場の様子を見て参れ。長介は朝鮮川を頼む。レイカは女衆と一緒に、取り敢えず夜具を干して老人子供が休める場所を造れ」

重輔はこれだけ命じておいて、一人倒壊した浜屋敷の瓦礫をかき分けて食料を探した。泥を被ってはいたが、運よく米俵が三俵に醤油の一斗壺が見つかり塩壺も有った。他にも見当をつけて炊事場辺りを掘り返し鍋釜に包丁等も見つけた。兵介丸がやって来るのは十月中旬で一月半も先だった。その前に朝鮮ニンジンを買い付けに行った船と、釜山に渡った船が戻る予定になってはいるが、期日から考えて昨日は島の近くまで戻っていた筈で、嵐に巻き込まれているかも知れない。そうなると謙介の船しか頼れない。それまで何とか皆を食わせなくてはならない。この時、重輔にとっては磯川筋と朝鮮川の様子を知ることと、当面の食料確保が最優先事項だったのだ。

半十が全身泥まみれにして駆け戻ってきて、慌てた様子で息を切らせながら磯川筋の様子を重輔に知らせた。

「磯川筋までの道は何か所も山が崩れて通れません。磯川は濁流で水嵩が上がってとても渡るのは無理です。こっち側から見ると田圃も畑も石垣が崩れて流され、家の在った辺りは埋まってなにも残っていません……唯、向こう岸の大岩辺りに何人か固まって座り込んでいました。太吉の一家だと見えたので大声で呼んでみましたが、川がうるさくて声は届きませんでした……」

「うむ磯川筋は壊滅か。皆無事に逃げてくれておれば良いが……いずれにしても水が引くまで打つ手はない。太吉達にはもう少し辛抱してもらおう」

「作業場はどうであった」

半十が怒りとも悔しさとも採れる悲痛な表情で答える。

「あそこには……何も在りません。船も小屋も釜場も道具も、大波に浚われて流されたのか何一つ残っていません。十年以上掛けて揃えた物が跡形も有りません」

「そうか、ご苦労だった。だがな半十、そう気を落とすものでは無い。この先、我々は島の者共を生かさねばならぬのだ。気を張って覚悟いたせ」

長介はオクを連れて戻ってきた。二人共、半十と同じように泥まみれだった。

「オク無事であったか……長介、朝鮮川の様子はどのようであった」

長介に変わってオクが悲しみと怒りで顔を歪め呻くように答えた。

「朝鮮川は山津波で一軒残らず流された……ワシの親も親戚も皆居なくなった。重輔様、あそこは根こそぎ無くなりました」

「三軒山も無事だったのは四家族と子供が一人だけで、残りは家ごと埋まったそうです。今、生き残った者達が土を掘っていますが……なかなか」

長介の言う三軒山とは、重輔達の俵物造りに協力的で、日本人の風俗になじみ親しんだ者達が、朝鮮川集落の貧しく汚わいで怠惰な生活を嫌い、三家族が集落を離れ、対州屋浜屋敷から一丁程の小高い丘を切り開き、日本風の家を建てて住み着いたのが最初で、その後、新所帯を構えた者達が移り住んで八軒ばかりの集落に発展した場所で、ここに住む朝鮮人達は俵物造りに参加して暮らしを立て、日本言葉を使い日本人と同様に暮らしていた。最初に建てられた三軒は、屋根や壁が飛んだり傾いたりしながらも土砂崩れや大水からは逃れられたが、他の五軒は裏山が崩れて倒壊し、夜が明けてから、一家族と子供一人は倒れた家の下や土砂の中から助け出したが、他の者達は見つけることが出来ず如何にもならないという。

「朝鮮川では助かった者は居らぬのか」

「あの様子では、何処にも逃げ場所は在りますまい……誰も助かってはおらんと思われます。川筋の両岸があっちこっちで崩れ、焼き畑が大きく地滑りしています。集落辺りは地形が変わったと見える程で、土砂と泥水に覆われて家の跡形も残っていません」

「相分かった。だが、まだ生きている者がいるやも知れぬ。ご苦労だが、二人共オクと一緒に三軒山に戻ってくれ……」

重輔は駆け出す三人の後ろ姿を見送りながら、こうなれば最早磯竹島は捨てるしかあるまいと腹を固めていた。翌日には磯川筋の生き残り七人が筏で海を渡り重輔達に無事合流した。その後三日程は泥に埋まった遺体を掘り出して埋葬したり、瓦礫を拾い集めて屋敷に仮の屋根を張ったりと忙しい日々を過ごす。そして被災六日目には釜山に行っていた対州屋の船が戻ってきて家族と再会を果たし、悲痛な思いで日々を過ごしていた島の人々につかの間の笑顔が戻った。だが朝鮮に行っていた船は遂に戻ることは無かった。不自由ながらも島の人々の生活が何とか落ち着いたと見て、重輔は後を長介に託して江崎浦に戻ってきたのだという。重輔の話を聞いて磯竹島の惨状を知った謙介は、

「重輔……ならば、お主の申す通り形を付けねばなるまい。だが我ら二人だけでは決められぬ」

「うむ、俺もまずは清風殿にお知らせしようと思う」

「判った……だが清風殿は病に臥せって三隅で隠居され、大事はお主と長井与之助と三人で相談して

図れと申しつけられておるのじゃ。与之助は今、お城勤めで夜は城下堀内の屋敷に戻る。訪ねれば今夜には話せる筈、直ぐに船を仕立て萩に向かう段取りを付ける。一緒に参ろう」

「清風殿はそれ程悪いのか」

「清風殿も七十二歳……卒中で倒れられて以来、体調は宜しく無いようであまり表には出られぬようだ」

「俺が磯竹島に渡ってから十三年。その間一度も清風殿とはお会いしておらぬ。そのようであれば今生の別れに一度お見舞い出来まいか」

「それならば、与之助と面談して大凡の筋道を立てた後、二人揃って三隅に出向いて清風殿を見舞うとするか。実は俺も三年ほど前、中本幸兵衛殿の葬儀の折に一瞥して以来なのじゃ。なに、体はともかく、気力や頭脳に衰えは無いと与之助から聞いておる。見舞いに伺っても迷惑にはなるまい」

　この日夕刻、二人が城下堀内の長井の屋敷を訪ねると折よく与之助は在宅で、突然現れた重輔に驚いた風情を僅かに見せたが、直ぐに奥座敷に招じ入れ家人を遠ざけた。与之助と重輔は藩校明倫館時代には、共に俊英を謳われ互いに切磋琢磨した友人だったのだが、重輔が放蕩の限りを尽くして城下を追放されて以来縁が切れていた。清風から抜荷の件を明かされ、小谷重輔の消息と、果たしている役儀を初めて知ったときには「なるほどあの男ならば……」と合点したものの、磯竹島の重輔のことは清風や謙介から話に聞くだけで会うのは実に十三年ぶりだった。久闊の挨拶もそこそこに三人は本題に入り、重輔が島の惨状を手短に語った後に言った。

「最早、磯竹島は俵物造りどころか抜荷の本拠としても使えぬ。かくなる上はこれまでの始末を付けねばなるまい」

「なるほど判った。実は清風殿も抜荷の件そろそろ潮時であろうと言われておったのじゃ。二人共アメリカの軍艦が相模の久里浜に現れて、国を開けと幕府に迫ったことを聞いておるか」

「うむ……噂には聞いているが詳しくは知らぬ」

「清風殿の見立てでは、幕府は日の本を開くしかあるまいと言われておる。今の幕府に西洋の国々に対抗して我意を通す力は無い……鎖国を捨てて国を開くしか道は無い筈。そうなれば、お主らの抜荷も金銀取引も無用になると申されておる」

「確かにその通りであろう……ところで最近のお家の台所事情はどのようじゃ」

「清風殿の形作られた質素倹約の風に変わりは無いが……」

と前置きして、与之助は長州藩の財政事情を語った。

「まず、八万貫の借金は三万貫程を残して返し終えた。三万貫も大坂辺りの大店との関係を保つ為にわざと借りているだけで、返そうと思えば今日でも返せる。今年は干ばつと台風の影響で多少悪かろうが、撫育方の長年に渡る投資が実って白物（塩・米・紙・蝋）の産量も大いに増え、上手いことに江戸大坂の相場も各段に上がって莫大な利が積み上がり始めておるし、馬関の産物会所の事業も大いに進んで相当な日銭が入る。このところ領内から上がる運上も天保の頃に比べれば倍増じゃ。それに借金を返し終え産物の出荷が増えたおかげで、大坂辺りでは長州の藩札は九分二厘程で通用する。ひと昔前には長州の藩札といえば六分程でも嫌われたことを思えば隔世の感がする」

ここで一息ついた与之助は重輔と謙介に僅かな笑顔を見せて続けた。

「それに、お主らが十三年かけて抜荷で上げた利の殆どは蓄えて有る。一部は取り崩して操練の資に用立て、明倫館再興費用や軍艦購入費用としても費やしたが、まだ天保小判で十一万両以上が残っているのじゃ……清風殿は、この金で文武を興し、武を備え、人を育て、長州をして西洋の国々から日本を守る先駆けにと申されておられる。無論、敬親公も同心じゃ」

与之助が話し終えるのを待って謙介が言った。

「ならば島の様子と合わせ考えれば、今こそが抜荷から手を引く潮時ではあるな」

二人の遣り取りを聞きながら何やら考え事をしていた重輔が続けた。

「抜荷から手を引くのは良いとして、今、島には対州屋に関わりの在る者と磯川筋の者に朝鮮川の者……合わせれば四十人ばかりが住んでいて、赤子も居れば老人子供も居る。今の荒れ果てた島の状況では、この者達は生きていけぬ。何せ田圃も畑も根こそぎ流された上に、船は流され磯は泥を被って濁ったままで魚一匹寄り付かない。これまで我らに力を貸してくれた者を捨ててはおけない」

「重輔の言う通りだ。島に残せば飢え死にするのは目に見えている。このままでは、この冬さえ越せない者も出るだろう。与之助、何とか出来ぬか」

暫く黙っていた与之助が何か思い付いたのか膝を打って口を開いた。

「どうなるか判からぬので仔細は言えぬが、俺に少し考えが有る。明日夕刻まで待ってくれ。登城して斡旋してみよう。ところで朝鮮人達は日本言葉を喋れるのか」

「中には覚束ない者も居るが、殆どの者は日本人と変わらぬ」

「対州屋にはどのような者がおる」

「うむ……エゲレスや清国の商人と遣り取り出来る者に、上海相場に明るい者。皆が算盤勘定はお手の物じゃ。後は海に慣れた船頭に船子だ」

「磯川筋の日本人と朝鮮人は日頃から親しんでいたのか」

「無論だ……狭い島で同じ仕事をしていたのだ。互いに親しんでおる」

「ならば重輔、頼みが有る。明日俺が登城するまでに、磯川筋・朝鮮川・対州屋と分けて　老若男女の別と人数を書き出しておいてくれぬか」

「お安い御用だ。明朝と言わず今書こう。筆と紙を頼む」

この時、重輔が書き出した磯竹島に住まう人々は、磯川筋の者が壮齢の夫婦一組に七歳・九歳の子供と夫婦の老母に、台風で親兄弟を失った十一歳の男子と濁流から一人逃れた若者で合わせて七人。対州屋ゆかりの者は夫婦が三組に、その老親が三人と十四・五歳の子が三人に童子が五人。そして台風で遭難した者の家族が、後家二人に老人が三人と遺児が三人で合わせて二十五人。朝鮮人で生き残ったのは、壮齢夫婦が三組と成人した若者が二人に童子が四人と幼児が二人で十四人。合計すると四十六人。紙を渡された与之助は黙って読んでいたが、何事かに納得したように大きく頷いて言った。

「よし判った。何とか出来るやも知れぬ。後は任せろ」

重輔と謙介は自信ありげな与之助の様子に安堵した。その夜二人は長井与之助の屋敷に泊り、翌日城下郊外三隅に在る清風の居宅を訪ねた。藩重役の住まいとは思えぬ程質素な佇まいだった。

端座して文机に向かって書き物をしていた清風に、家人が二人の来訪を告げると、卒中の後遺症で不自由な足で立ち上がり、これまで余人に見せたことも無いであろう優し気な笑顔を見せて迎えた。

往時、獲物を狙う鷹の目のように鋭かった両眼には涙さえ浮かべている。

「重輔、戻って参ったか……一別以来じゃな。壮健そうでなによりである。謙介も久しぶりじゃの。わしは、お主らに礼も言えずに逝ってしまうのかと思うと、そればかりが心残りであった。二人揃ってよう参った」

重輔と謙介が再会を喜ぶ辞を述べ、体を気遣う言葉を掛けると、清風は自らを励ますように顔を引き締め、背筋を伸ばし居住まいを正して言う。

「何、このように足は駄目になったが目も見えるし耳も聞こえる。こっちの方もまだまだよう回っておる……案ずるな」

と頭に指を一本突き立てる仕草を見せ数冊の冊子を見せた。冊子の表題には「遼東の以農古《いのこ》」「黒船御手当」などと書かれている。清風は冊子を示しながら著書のあらましを二人に講釈したが、その語り口に衰えは無い。ひとしきり語った清風が唐突に二人に問い掛けた。

「抜荷の件、与之助と話したか」

重輔が磯竹島壊滅の次第を語り、謙介が抜荷事業からの撤退方針を告げると清風は黙って頷き話始めた。

「相分かった。以後のことはお主らと与之助で思うままに図れ。殿様も同意されておる。それにしても雲を掴むようなところから始めて、良くぞここまでやりおおせてくれた。この清風、何度礼を言うても足りぬと思うておる……今では、お主らの稼ぎ出した金を元手に、文武を興し、武備を備えて調練を重ねることが出来るようになっておる。天保の頃の軟弱にして怠惰な藩風を刷新し、関ケ原以来の毛利家伝統の質実剛健の風を取り戻しつつあるのじゃ……この六月、アメリカ軍艦・相模久里浜来航に際して、我、毛利家が幕府から相模大森の防備を命じられた折、我らは度重ねた調練の成果を表して即座に兵を整え出兵して備えたのじゃが……あろうことか、他所に陣を張る手筈の諸藩はおろか、幕府でさえ出兵どころか兵を整えることも出来なかった有様であったと聞いておる。お家は面目をほどこしたものの、日の本の国全体で見れば情けない話じゃ。この体たらくを思えば、最早幕府は圧力に屈して国を開くしか道はあるまい。じゃが、このまま国を開けば、清国や朝鮮の二の舞で西洋の国々に食い物にされるだけじゃ。この国の兵馬の権を担う筈の徳川将軍家頼むに足らず、諸侯能無しとなれば、我が長州が立って社稷《しゃしょく》を背負うしかあるまい……近頃家中には攘夷・攘夷と騒ぎ回る者達も多くおる。その意気は良いとしても、それは井の中の蛙の妄言でしかない……騒いだだけで如何にかなるものでは無いのだ。清国の例を見るが良い。攘夷など、富を蓄え、兵を備えねば出来るものではないのじゃ。三百諸侯が幕府の顔色を窺って太鼓持ちが踊るような馬鹿げたことは止めて、日の本一つとなって、進んで西洋の国々と交わりを深め、彼らから大いに学び、彼らの発明を我がものとする策を立て、力を蓄えるべき時なのじゃ。この国の進むべきはそこにしか無い」

久しく会えなかった重輔と謙介に、自らの篤い思いを様々に語り聞かせていた清風だったが、一刻もすると疲れたのか急に黙りこくり目を瞑り端座したまま呟くように告げた。

「お主ら城下に戻れ……これが今生の別れとなろう。さらばじゃ」

胸を突かれた二人は、ただ黙って深く下げたまま微動だにしない。やがて家人に促された清風は二人に向かって両手を合わせた後、静かに自室に引き取った。

長井屋敷に戻った二人は磯竹島の者共の扱いについて、城から下がったばかりの与之助に問うた。

「磯竹島の件どうであった」

「うむ。政務役筆頭の周布と計って策を立てて参った……政之助ならば、後は万事抜かりなく手筈を整え、進める筈じゃ何の心配もあるまい」

「して、島の者共はどうなる」

「重輔、心配するな。長州のために働いてくれた者共だ。悪いようにはせぬ。お主らは知るまいが、青海島の西の端に甲浦という十五戸ばかりの小さな浦が有ったのじゃが、三年前、この浦の船が手負いのクジラに海に引き込まれて、男達が皆死んでしまった揚句、その年冬には何やら判らぬ病が流行ってほとんどの者が死んでしまい、今では誰も住まず捨て置かれたままなのじゃ。とはいえ浜は船もつけられるし漁場も近い。雨露凌げる家作も建っているし、井戸からは良い水が湧く。棚ではあるが田畑も六反七反は在ると聞いておる。捨てるには惜しいと藩庁も移住する者を探したらしいが、近場の瀬戸崎や油谷ですら船でしか渡れぬ辺鄙さに、中々進まず持て余しておったのじゃ」

長井与之助と周布政之助は、その甲浦に磯川筋と朝鮮川の者達を移住させ、家作を補修して船や漁具と百姓道具を与え、自立するまでは藩庁と瀬戸崎の勘場（藩代官所）が生活の資を援助すると決め、今日の内に敬親に上申して裁可を受けたという。これを聞いた重輔はやや安堵の表情を浮かべながら続けて問うた。

「なるほど、それならば磯竹島の者も朝鮮人も暮らしが立つし、島で何をしておったかが漏れる気遣いもあるまい。それで対州屋の者達はどうするのだ」

「対州屋の者は馬関の荷受け問屋小倉屋に預ける。謙介は小倉屋を知っておろう」

「知っておる。小倉屋の白石正一郎殿には、内々ながら抜荷の利の秘匿に力を借りておったのじゃ、その件で馬関に出張して何度か面談したことがある。お若いが商家の大旦那らしからぬ、英明にして性根の座った御仁じゃ。清風殿とは旧来からの同志の間柄と聞いておる」

「この件、まだ白石殿には申し入れてはおらぬが、明日にでも周布が馬関に出向いて直に頼み込む手筈じゃ。なに、最近小倉屋は薩摩藩御用も仰せつかっておるし、この先、国が開けば南蛮国との交易も始めるであろう。そうなれば交易に慣れた手代船頭は小倉屋にとっては重宝な筈……対州屋の者も持ち場が有れば肩身の狭い思いをせずに済む」

与之助は重輔と謙介が安堵の表情を浮かべ労を謝そうとするのを遮って一度立ち上がり、床の間に置かれた分箱を取り、もう一度座り直してそれをひざ元に置いて続けた。

「これに、お殿様のお沙汰書きを預かっておる」

そう言いながら文箱から一通の書付を取り出し、それを二人に示しながら言った。

「お殿様のお沙汰を申し渡す。江崎浦漁師・半十並びに長介は士分に取り立て、お雇いとして御船手組に配する。今後は浜崎の組屋敷に住まい磯竹と名乗れとの仰せである」

この時代の身分制度の中で、一介の漁師が大藩の士分に取り立てられ、藩主から苗字を贈られるなどということは、異例中の異例の出来事で、恐らくは謙介を通じて磯竹島での半十と長介の働きと才気を知った清風が、藩主敬親に上申して実現したことであろうが、半十も長介も、磯竹島で重輔に剣技を仕込まれ、書を習い、治者としての心得を教えられている。士分に取り立てられても恥をかくことは無いだろう。

その後一息いれた与之助がおもむろに口を開いた。

「お主らにはお殿様から伝えよと言われておることが有る。聞くが良い……敬親公は重輔が帰参を望むならば、小谷本家とは別に分家を立て寄組格で迎え、謙介は益田公家来のまま毛利宗家預かりとして大組士に取り立てると申しておられる」

これに重輔が即座に答えた。

「敬親様のご厚情は有り難い限りだが、俺は帰参を望んでいない」

この頃、長州藩内には血気盛んに攘夷論を唱えて騒ぎ回る連中が大勢いる。重輔がイギリス交じりで異相のレイカや二人の子を連れて戻れば、何が起こるか判らないと敬親も清風も与之助も分かっている。藩主敬親ですら、藩内の過激な攘夷派を抑えて重輔を守り切ることは出来ないだろう。それを知りながら重輔に帰参を言ったのは、敬親の精一杯の感謝を伝える言葉だったに違いなかった。続いて謙介が力強く言い切った。

「与之助、もし俺が帰参した後に抜荷が発覚したら、長州の関与は言い逃れできまい。俺はこのまま江崎浦の廻船問屋・兵庫屋謙介のままでおる。もし幕府が抜荷を疑えば、即座に俺の首をはねて首謀者として幕府に差し出してうやむやにしてしまえ。藩が関与した証拠は残していない筈だ……それで乗り切れる。後はお主と周布の才覚じゃ」

抜荷が幕府に発覚した場合、長州藩の関与を否定する策として、当初決められていた中本幸兵衛の役割を受け継いで謙介がそれを果たすというのだ。その言葉を聞いた与之助が僅かに表情を崩した。

「なるほど、清風殿の言われた通り。謙介、この議をお殿様がなされた時、清風殿はお主が必ずそう言って帰参は受け入れまいと申されて、無理強いせず好きにさせよと言われたのじゃ……それに敬親公は帰参せずとも重輔と謙介は我が家の子同様、この先何事か有れば毛利宗家を頼めと申し伝えよと仰せられた」

それを聞いて、敬親と清風の心からの信頼を感じた謙介は明るく笑い笑顔を見せた。

十五

三十石船に当面の食糧と雑貨衣類を積んで磯竹島に戻った重輔は、島の者達に事情を話し長州移住の了解を取り付けた後、島に残されている日本の物と判る品々や、俵物造りに使っていた道具類を全て投棄するように命じた。忙しかったその日夜、二人の子供を寝かし付けた後、これまで重輔に見せたことの無い沈んだ表情を浮かべてレイカが問うた。

「重輔様、島の皆さまは長州様に引き取られれば安心でしょうが……私やこの子達はこの先どのようになるのでしょうか」

レイカは自分と子供達の姿形が日本人と違っていることを判っているし、重輔の戻るべき長州は攘夷を激しく唱え、自分達が受け入れられないことも知っていて、島を離れては何処にも行く場が無いと思っている。重輔が自分達を捨てる筈は無いと信じながらも、子供達の先行きを思うと不安だった。

「レイカ案ずるな。俺に考えが有る」

「どのような」

「ジョンの船で上海に渡る」

「上海……上海に行くのですか」

「そうだレイカ。去年の秋、ジョンから上海の西洋人達が力づくで日本を開かせる準備をしていると教えられた。日本が国を開けば抜荷など無用……だが抜荷を止めても俺は長州には戻らない。だから、もし島を出ることになれば、我らを上海に連れていってくれと頼んである。ジョンは何でも力になると申してくれている」

長州には戻らないと言い切った重輔の表情には何の陰りも迷いも窺えない。心の底から安堵したレイカは少女のように弾んだ声で問い掛けた。

「重輔様は上海で何をされるお心算ですか」

聞かれた重輔は少し困った表情を浮かべながら答えた。

「それはまだ判らぬ。だが上海には外国人の住まう町が在って、様々な国の者が一緒に暮らしていると聞く……お前や子供達に似た者も多いだろう。それに俺もレイカもエゲレス言葉が話せるし子供達もそれなりに喋れる。上海ではエゲレス言葉が分れば不自由せず暮らせるそうだ」

六月と十一月に定期的にやって来るイギリス商船ジェラルド・ポーツ号の英国人達との十数年に渡る交流を通じて、レイカも重輔も十分な英語力を身に付けるに至っているし、二人の子供達も、常日頃から英語に親しみ、未だ拙いながら日常会話程度に不自由は無い。

「判りました。一緒に上海に参ります。明日子供達にもそのことを伝えます……きっと子供達も喜びましょう」

最後の抜荷を積んだ兵介丸が磯竹島にやって来たのは嘉永五年(1853年)十月二十七日だった。島の惨状に一瞬驚いた様子を見せた謙介だったが、出迎えた重輔に告げた。

「小倉屋は対州屋の者達の受け入れを快く了承してくれた。甲浦の家作はいつでも住めるように瀬崎の大工を入れたそうだ。それに井戸も洗ったと聞いた。流石に周布はやることが早いし抜かりが無い。準備万端じゃ」

「そうか……もう島の者達には話してある。皆長州移住に賛同してくれた……気の早いことに朝鮮の者達は、磯川筋の者に太助だの花だのと日本式の名を付けられて大喜びだ。オクは半十の半の字を貰って磯竹屋半吉だそうだ。それに対州屋の手代も船頭も、小倉屋に損はさせぬと今から張り切って大変じゃ」

「うむ。この散々な有様であっても、先の見込みさえ立てば力も出るということであろう」

「左様。俺も嵐が抜けた後、屋敷が倒れ倉庫も作業場も流され、磯川筋と朝鮮川が壊滅したのが分ってからは、生き残った者達の食い物の心配をするのが精一杯で、次の算段が立ったのは、あの船が島に戻ってくれてからじゃ……あの船が戻らなかったら、お主の来るのを唯待つしか無かったと思うと背筋が寒くなる」

「ところで、お主、上海に渡ると申しておったがレイカ殿は同意か」

「うむ……レイカも同意した」

「レイカ殿と子供達を連れて長州に戻れるのが一番だが、何も知らずに攘夷攘夷と騒ぎ回る馬鹿が居る間は仕方あるまい。だがやがて、あいつらも西洋諸国の本当の力を知れば、攘夷などと愚にも付かぬことが言えなくなる日が来るだろう」

「謙介……俺が長州に戻らぬのは、レイカのことがあるからだけでは無いのだ。ジョンから聞かされた、西洋の進んだ世界をこの目で見てみたいと思ったからでもあるのじゃ。上海に渡っても長州や日本の為に働く機会はあろう」

「そうか……俺も同じ思いはあるが、この首を差し出す役目が終わらねば江崎浦を動けぬ。役儀を果たし終えたお主が羨ましいぞ」

とは言いながら謙介の表情にも重輔の言いぶりにも、一点の曇りも陰りの欠片も見られない。

十一月三日、英国商船ジェラルド・ポーツ号が磯竹島沖合に姿を現し、白いランチを降ろして対州屋の桟橋に漕ぎ寄せてきた。いつもの島の様子との余りの違いに気付いた船員たちがあちこち指差しながら立ち騒ぎ、ランチの真ん中には座ったまま双眼鏡で島の様子を窺っているジョンが居た。桟橋に降りたジョンは、出迎えた重輔と謙介に理由を問う。重輔が流暢な英語で磯竹島壊滅の事情を説明すると、ジョンは無念そうな表情を浮かべ二人の肩を交互に叩いて慰謝の言葉を口にした後「何か必要な物があるか」と聞き、重輔は「取り敢えず何とか間に合っている」と答えて続けた。

「そのような訳で、島に上がっても座る場所も用意出来ないし何も接待出来ないが……風呂と水だけは用意した。風呂は竹と杉の木で作った物で、体の大きな君達には小さくて不自由だと思うが我慢してくれ。水は井戸が埋まったので谷川を引いてある。水量が細いので汲むのに手間はかかるが、存外綺麗な水だ。十分飲み水に出来る」

この十数年、ジェラルド・ポーツ号は磯竹島に来ると航海に必要な水を補給し、船員達は交互に上陸して、五右衛門風呂で船旅の垢を落とすのが慣例になっていた。彼らにすれば、風呂釜に浸かる入浴法が珍しくもあり快適で、上海からシャボンを持参する者さえ居た。そして重輔は船員だけでなく苦力も風呂に入ることを許した。最初の頃、奴隷として使役する苦力に甘すぎると、渋面を作って快く思っていなかったジェラルド・ポーツ号の船長も、島で日本人に人間らしい扱いを受けた苦力達が、上海や釜山での仕事ぶりとは打って変わって、凄まじい程の働きを見せるのに驚き、この頃多少彼らの扱いを変えている。

英国人達は大被害を受けながらも、自分達への気遣いを忘れない重輔に敬意の籠った謝意を示した。ジョンは貨物目録を渡してジェラルド・ポーツ号に一旦戻る。この数年ジョンが運んでくるのは、相次ぐ外国船の来訪に騒然とする世情を反映して、従来の物品に加え、新式銃や拳銃といった銃器類の見本に、蒸気機関・造船・製鉄・大砲製造・火薬製法・医学薬学などの最新科学に関する書籍や文献の類いが増えている。これらは、西洋諸国の恐ろしいまでの強大さに気付いて、漸く近代化の必要性に目覚めた諸藩が争って求め始めていて大きな需要が有った。天下に過激で先鋭的な攘夷論を唱え立っていた長州藩でも、長井与之助や周布政之助らは、西尾謙介を通じて製鉄法・造船法・大砲製造法などその文献資料を収集して研究を進め、嘉永六年（1854年）、幕府が日本全土の軍備・海防力の強化を図る為に、大船の建造や大砲製造を諸藩に解禁するや、それまで抜荷で稼いで藩主敬親の手許金名目で秘匿して有った金を惜しげも無く投入し、萩城下に鋳鉄大砲製造に必要な反射炉を築造し、洋式軍艦造船所を開設して軍艦建造に着手し成果を上げ、その後の幕末における長州藩軍の近代化につながる道筋を創った。

最後の抜荷取引を終えた翌日、対州屋の栈橋に繋がれた兵介丸に乗船した磯竹島の住民達は、辛うじて大嵐に耐え残っていた対州屋浜屋敷が火を放たれ、完全に焼け落ちるのを総立ちのまま見届けた。この日までに、流されることを免れて、僅かに残っていた俵物製造用の資材や日本製と判る物品の類いは全て処分して有る。

「これで、この島で何をやっていたのか知られる気遣いは有るまい」

と栈橋に立って様子を見ていた重輔が呟くと、謙介が答えて言った。

「うむ……ここでやっておったことを知るのは我等と島の者にジョン。お殿様と清風殿と周布に長井だけじゃ。まずもって露見することは有るまい。近頃、幕府は西洋諸国の応接に手一杯で、抜荷の取り締まりどころでは無い筈じゃ。それに我らの抜荷相手はエゲレスだ。今なら、仮に露見してもエゲレスを憚って大事には出来ぬ筈」

「ジョンは、来年にはアメリカが力ずくでも幕府に国を開かせると申しておった。とても今の幕府に抗う力は有るまい。鎖国などという馬鹿な定めは取り消しじゃ。そうなれば、お主の首を差し出す必要も無くなるのではないか」

「まあ、そうであろう。じゃが、そうでも申さねばお殿様の思し召しを断れぬ。大恩ある益田様を差し置いて宗家に召される等……如何に敬親公の申されることでも従えまい。それに重輔、俺に裃を着けての役所勤めが出来ると思うか」

「おお、謙介ならと言いたいところだが……お主は鋭すぎるし才と気が勝ちすぎて、長井や周布のように、他の者達と折り合いを上手く付けられんかも知れんな」

清風が何故、才・気・学、優劣のつけがたい、長州の多くの若者達の中から特に目をつけ、名誉や侍の本分から程遠い抜荷の実行役に小谷重輔と西尾謙介を選び、自分の後継者としての藩政主導役に長井与之助と周布政之助を抜擢したのか、その真意は判らないが、今、十数年の関わりを通じて重輔の感じている、謙介という男の特質に気付いていたのかも知れない。

栈橋には重輔と謙介。それにレイカと二人の子供が居た。重輔と謙介の話が途切れると、レイカが深々と頭を下げながら言った。

「謙介様、いろいろとお世話になりました。お登勢様に一度はお会いして親しくお話がしたいと思っておりましたのに……こうなれば叶わないかも知れません。ですが、どうぞ、どうぞ、お体にお気を付けくださいと……お登勢様の優しさ決して忘れませぬとお伝えください」

顔を上げたレイカの両目からは止めどなく涙が溢れる。謙介が絞り出すように答えた。

「レイカ殿、お登勢も島に渡ってレイカ殿に是非とも会いたいと申しておったのだが、幼子を抱えて江崎浦を離れられない。……何、上海に行ったからと申しても二度と会えぬということでも有るまい。いつの日か、レイカ殿とお登勢が出会える日も来るであろう。その日まで御子共々壮健に過ごされよ。重輔を御頼み申しますぞ」

謙介にいつかお登勢に会えると言われ、気持ちが少し軽くなったのか、レイカは表情に明るさを取り戻して言った。

「はい。その日を楽しみにお待ちいたします。どうか謙介様もお達者で」

その時、ジェラルド・ポーツ号のランチが漕ぎ寄せ、ジョンが桟橋に降り立ち、謙介に近寄ると、肩に両手を掛け野太く力強い声で十数年の交誼に篤く礼を言った後、大きな体で謙介を抱きしめた。この頃、彼は上海の英国東インド商会傘下に属する商人達の中でも、格別の実績を上げた腕利きと評価されていた。その評価の大部分は、長州の抜荷商人・西尾謙介との合理と信義に満ちた交易に依って得られたものだった。その男との関係がここで終わる現実に直面して、ジョンには耐えがたい寂しさが込み上げてきていた。やがて謙介を離したジョンは握手を求め、謙介は力強くそれに答えた。二人共両目に涙を滲ませている。ポーツ号の船員がレイカと二人の子供をランチに乗せ、ジョンに声を掛け、ジョンは重輔に呼び掛けた。呼び掛けられた重輔は「謙介、俺は行くぞ……縁あらば又会える日もあるだろう」と言い残しランチに乗り込む。謙介は只黙って大きく頷いて兵介丸に乗った。重輔達の乗ったランチが桟橋を離れ、沖合一町程に停泊しているポーツ号に向かって進み始めると、兵介丸に乗った対州屋の者も磯竹筋生き残りの者も朝鮮側の人々も、両手を振りながら精一杯の大声で重輔やレイカの名を呼び続けて名残を惜しむ。レイカも両手が千切れるほどに振って彼らに答えた。だが重輔はランチの真ん中に静かに座り、ジェラルド・ポーツ号を見据えたまま微動だにしない。謙介も漕ぎ進むランチの方は見ようともせず、南に広がる水平線を真っ直ぐに見つめた後、兵介丸の船長や船子達に厳しく出港を命じた。ランチを収容したポーツ号も兵介丸の後を追うように真南に向かって動き始める。暫くすると船足の早いポーツ号は兵介丸に追いつき並走する形になった。ポーツ号の甲板にはジョンとレイカに二人の子供が立って兵介丸の人々に手を振っている。兵介丸でも長州に移住する人々が手を振っていた。やがてポーツ号が船足を早め、兵介丸を追い抜き西に進路を変え始めた。この時、謙介は兵介丸の船首に一人で立ち、重輔はポーツ号の船尾に立っている。二人が丁度正対する位置に来ると、謙介が大きく片手を挙げ、答えて重輔も手を挙げ、その手をゆっくりと大きく回した。兵介丸は真南に位置する江崎浦に向かい、ジェラルド・ポーツ号は西方の清国・上海を目指して水平線の彼方に消えた。こうして天保十二年秋から十二年間に渡って秘密裡に行われた長州藩の抜荷事業は、莫大な銀を藩庫に積むことに成功し、嘉永五年（１８５３年）十一月終わりを告げた。蓄えられた銀は、動乱の京都で尊王攘夷を唱え暗躍する長州藩士達の活動資金や朝廷工作資金として使われ、更には長州軍の軍備軍制の近代化を支え、蛤御門の変・下関戦争・四境戦争・鳥羽伏見の戦い……そして遠く江戸攻略戦から越後・奥羽・箱館戦争と戦い抜いた長州藩軍の軍費として大いに活用された。

十六

安政二年（１８５５年）、清風がその生涯を閉じる。享年七十四。

清風の薫陶を深く受けた長井与之助（長井雅樂）は、清風没後七年が過ぎた文久二年、満を持して航海遠略策（日米和親条約を破棄しての鎖国攘夷は、国際道義的にも純軍事的にも不可能であると批判したうえで、鎖国は皇国の旧法ではなく、島原の乱を契機に徳川幕府の定めた御定めに過ぎないと厳しく喝破した上で、無用にして実現不可能な小攘夷を捨て、公武合体・海内一和して、積極的に国を開き航海を盛んにし、通商に依って国力を高め蓄え、しかる後に世界に皇威を振るう大攘夷を目指すべきであるとし、今こそ朝廷は幕府に鎖国攘夷を撤回し、広く航海して皇威を世界に知らしめよと命じるべきであると唱え、それで日本国の政体は明確になり、国論は統一されて政局も安定すると結ばれていた）を提唱して長州藩論を統一し、当時激しく対立していた幕府と朝廷の調停斡旋に乗り出し、策の実現一歩手前まで肉薄したが、秘かに討幕（薩摩幕府樹立）を画策していた薩摩や過激攘夷派の妨害に政治的敗北を喫し、文久三年（１８６３年）その責を負って切腹して果てた。清風に見いだされ、幕末の長州藩正義派の指導的役割を担い続け、高杉晋作ら尊王攘夷派の若者達を庇い続けていた周布政之助も、幕末動乱の渦中で暴走を始めた藩内単純過激派を遂に制御できず、暴発した長州藩軍が蛤御門の変で薩摩・会津連合軍と衝突し敗走して朝敵となり、更に下関戦争で四か国連合艦隊に屈辱的敗北を喫した責任を藩内佐幕派から猛烈に追及され、元治元年（１８６４年）自刃した。幕末の動乱をよそに、江崎浦で穏やかに廻船問屋・兵庫屋主人として過ごしていた西尾謙介は、慶応二年（１８６６年）、幕府が第二次長州征伐令（長州側では四境戦争と呼ぶ）を発し、紀州藩と福山藩を主力とした幕府軍七千五百が石州口に迫ると聞くや、長州藩軍石州口参謀・大村益次郎に呼応し、江崎浦の者達を動員指揮して、長州藩軍千五百名の糧食・弾薬等の調達から集積運搬を一手に担い、後に天才的戦術家と称される大村の複雑巧妙な作戦を先読みしたかのように、一切の齟齬をきたすことなく見事に役目を果たし、浜田藩占領後も長州藩駐留部隊を後援し、占領地の物資供給や、物価の安定に尽力したと伝えられている。戦後、彼は何度も藩庁出仕や新政府参画を打診されたが、遂に応じることなく明治八年二月、病を得て江崎浦の兵庫屋屋敷で没した。

上海に渡った小谷重輔の消息は明らかで無いが、周布政之助の企てた若者五人（井上薫・伊藤博文ら世にいう長州ファイブ）の英国密航に尽力し、下関戦争・講和会談（文久三年、幕府の発した攘夷決行令に乗じた長州藩過激派が、関門海峡を通過する外国船を砲撃し海峡を封鎖した。ところが報復として翌・元治元年八月、英国を主力とした米・仏・蘭の四か国連合艦隊が襲来し、猛烈な艦砲射撃に依って馬関の長州砲台は徹底的に破壊され、陸戦隊の上陸を許して一時占拠される。列強の圧倒的な武力の前に成す術も無く敗れて窮した長州藩は、弱冠二十五歳の高杉晋作を全権特使に任じ、四か国艦隊との講和交渉に当たらせた。この時、高杉は長州藩家老・宍戸桂馬と名乗り、賠償金の支払いと彦島の租借を強く求める四か国連合に対し、日本国誕生の由来を祝詞に託して滔々と述べ立てて煙に巻き、巧みに交渉して彦島の租借は完璧に拒絶し、更に賠償金の支払責任は、攘夷を実行した長州ではなく、長州藩への命令権者であり日本国政府たる幕府が負うべきであると、万国公法（当時の国際法）に準じて理路整然と申し立てた。高杉の正論に押された四か国連合は遂に自らの要求を放棄するに至る）……この会談に際して秘密裡に高杉に接触し、国際法を教授したうえで、列強相手の交渉術を指南したのは、長州受難を知って上海から馳せ戻った小谷重輔だったとの説や、慶応二年、長州三田尻で行われた英国海軍キング提督と長州藩主元徳・敬親の秘密会談を実現させたのは重輔だったとも噂されたというが、いかなる維新史にも一切の記述は為されておらず真偽の程は判らない……。

今、英国西部のケルト海に面したラネリー（Llanelli）という港町に、ナイトの称号を持つCottonyという家が在り、家宝は一振りの日本刀「銘　甲斐忠光」と、紫の小袋に包まれた一粒の珠だという。

了

【著者紹介】

津田 恒（つだ ひさし）

山口県萩市出身
昭和 28 年生まれ
エンジニアとして日本全国・世界各地のプラント建設に従事
趣味の剣道は六段
現在は山口県岩国市で妻と二人暮らし

長州藩抜荷《ちようしゆうはんぬけに》始《し》末《まつ》記《き》
——幕末前夜《ばくまつぜんや》・天下《てんか》のオウドウモノ村田清風秘録《むらたせいふうひろく》——

2020 年 9 月 26 日 第 1 刷発行

著 者 — 津田《つだ》 恒《ひさし》

発行者 — 佐藤 聡

発行所 — 株式会社 郁朋社《いくほうしや》

〒 101-0061 東京都千代田区神田三崎町 2-20-4
電 話 03（3234）8923（代表）
F A X 03（3234）3948
振 替 00160-5-100328

印刷·製本 — 日本ハイコム株式会社

装 丁 — 宮田 麻希

ISBN978-4-87302-722-7 C0093